日出江花紅勝火

——日本近現代作家

林景淵◎著

晨星出版

日出江花紅勝火

目錄 contents

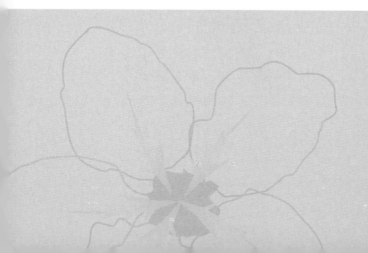

小泉八雲

《日本面貌》日譯本書影

小泉八雲簽名式，
以烏鴉自嘲

生平常用的放大鏡及
原稿

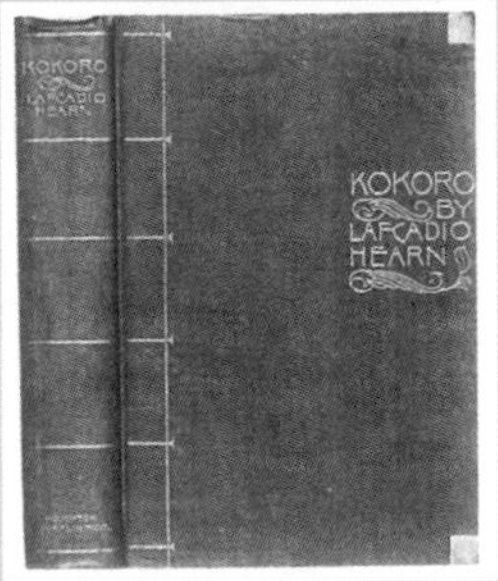

KOKRO（心）

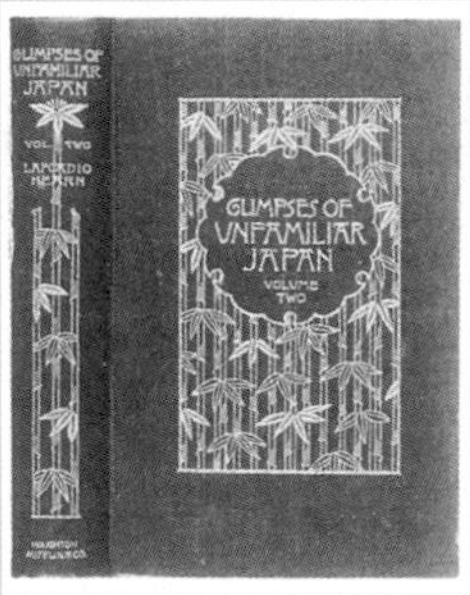

Glimpse of unfamiliar
Japan（日本瞥見記）

KWAIDAN（怪談）

KOTTO（古董）

2004年發行的
小泉八雲肖像郵票

坪內逍遙

早稻田大學校園內的
坪內逍遙紀念館（林景淵攝）

晚年的坪內逍遙

1956年6月4日，梅蘭芳
（前排左2）參觀演劇博物館

1928年演劇博物館開
幕時，坪內逍遙致謝辭

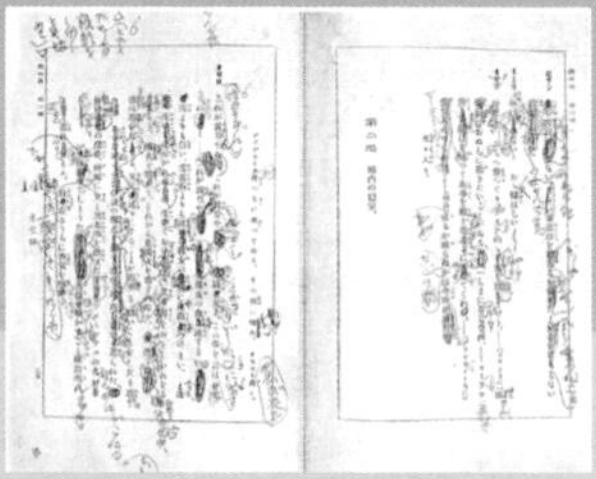

莎士比亞全集校訂稿

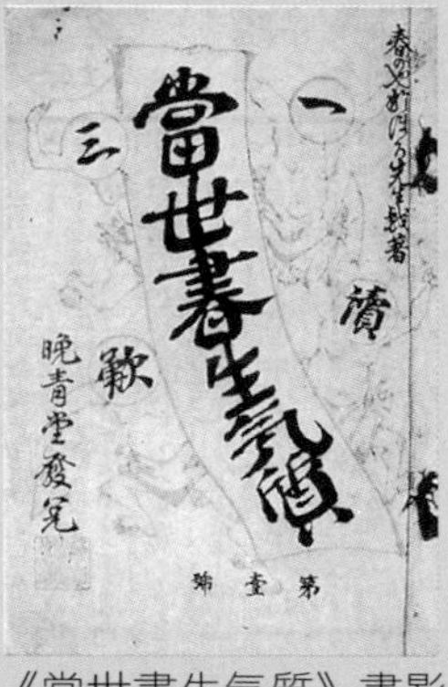

《當世書生氣質》書影

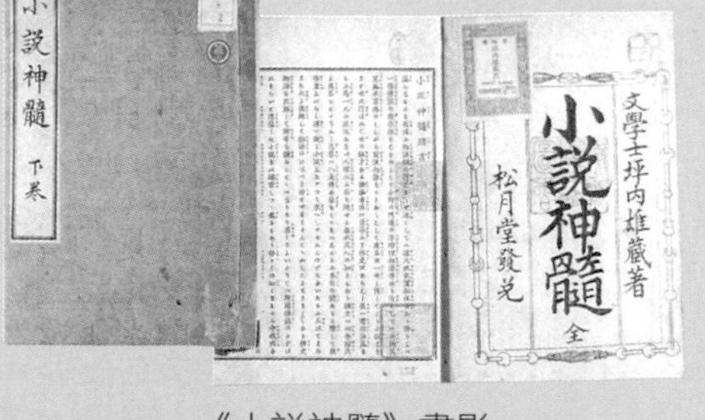

《小說神髓》書影

森鷗外

着軍裝的森鷗外（右）

2004年12月18日，參加台灣大學醫學院「森於菟教授胸像揭幕典禮」的森鷗外後裔

東京文京區立「鷗外紀念室」內的森鷗外銅像（林景淵攝）

森鷗外遺言碑

晚年的書齋

森鷗外著作書影

讀賣新聞附錄

《小說論》刊於《讀賣新聞》

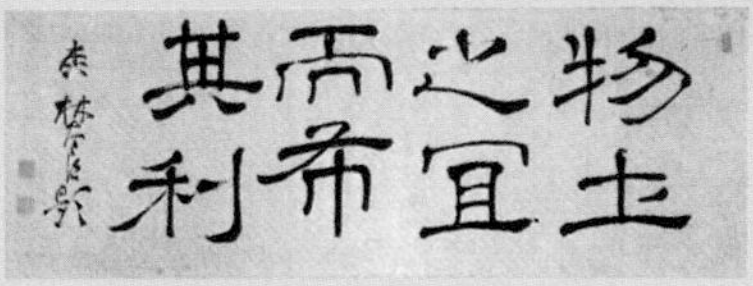

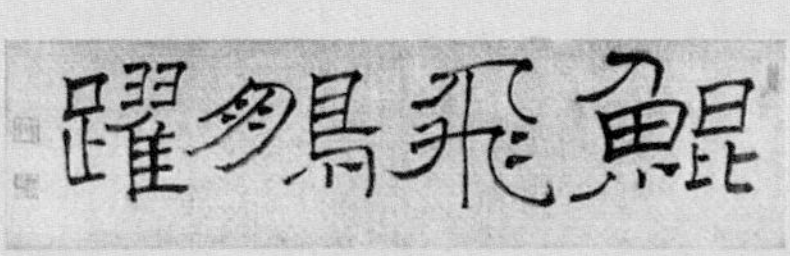

森鷗外書法

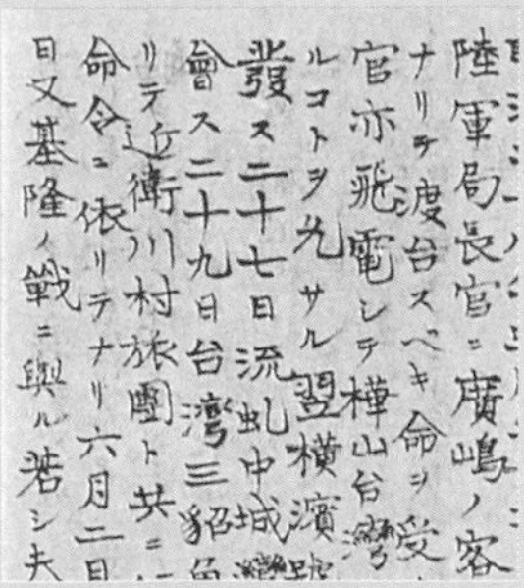

陸軍局長官ニ廣嶋ノ客
ナリテ渡台スベキ命ヲ受
官亦飛電シテ樺山台灣
ルコトヲ允サル盟橫濱
發ス二十七日流虬中城
會ス二十九日台灣三貂
リテ近衛川村旅團ト共ニ
命令ニ依リテナリ六月二日
日文基隆ノ戦ニ與ル若シ夫

《台灣總督府醫報》原稿

夏目漱石

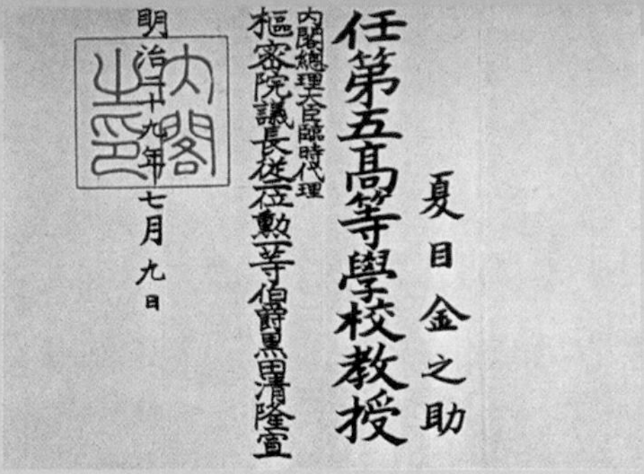
夏目金之助
任第五高等學校教授
內閣總理大臣臨時代理
樞密院議長從二位勲一等伯爵黑田清隆宣
明治二十九年七月九日

第五高校教師派令

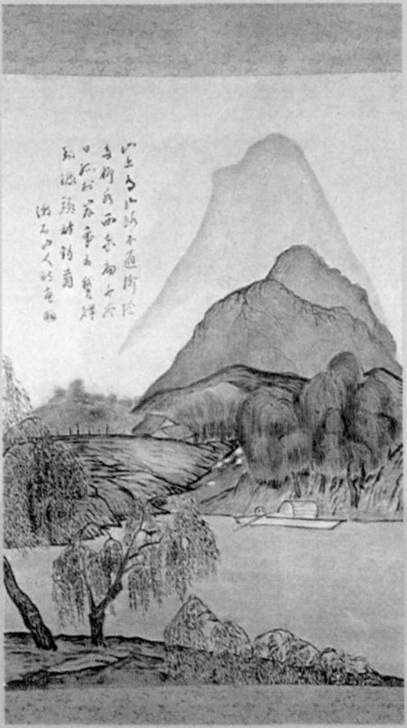

夏目漱石的水墨畫

道後溫泉佈置的夏目漱石紀念室，
題有「則天去私」掛軸

日幣夏目漱石人頭像

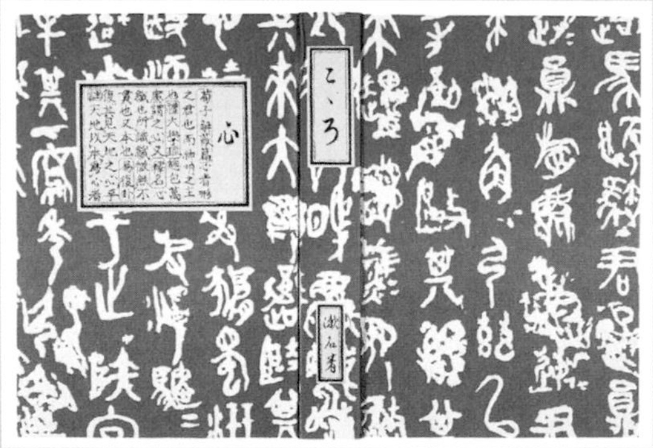

《心》初版，封面由夏目自己設計

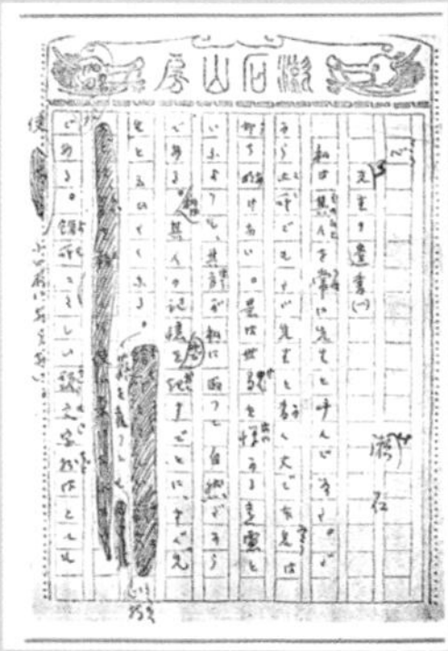

《心》原稿

島崎藤村

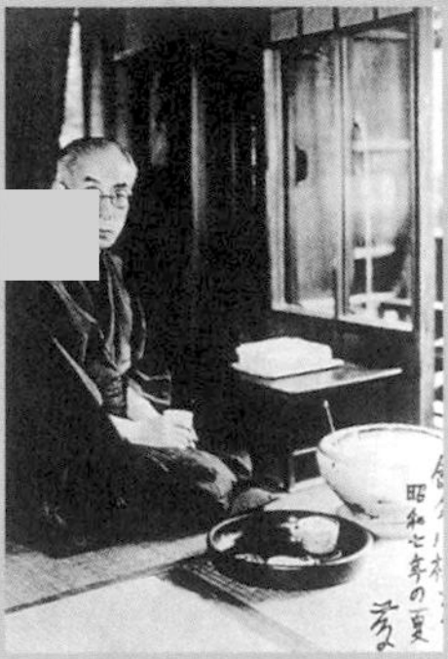
鎌倉家中書齋

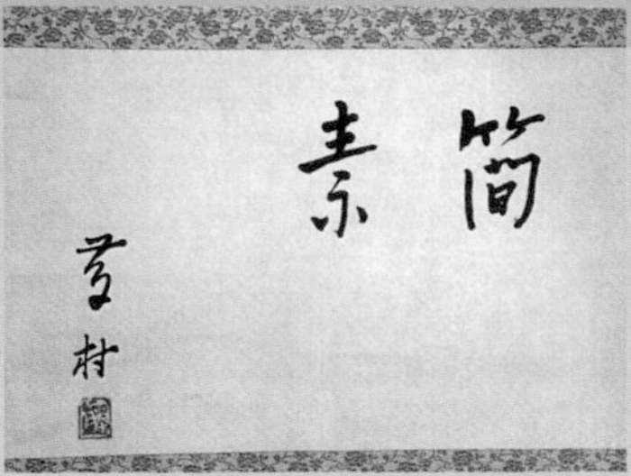

島崎藤村名言：「簡、素」

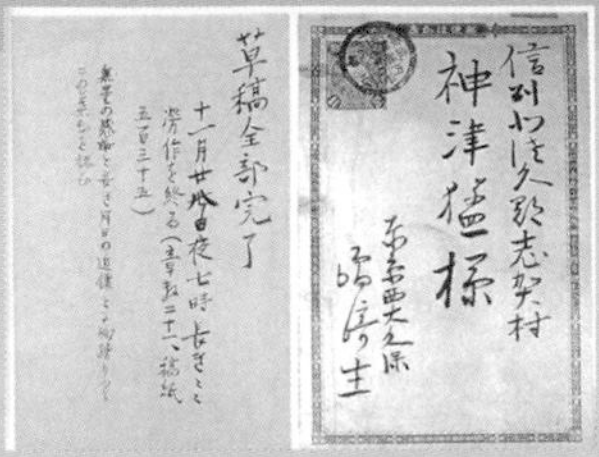
島崎藤村致神津猛書信

藤村紀念館正門
（林景淵攝）

島崎藤村紀念會館展示
島崎藏書

銀髮族安靜的觀賞錄影帶（林景淵攝）

《黎明前》插圖，
鏑木清方所繪

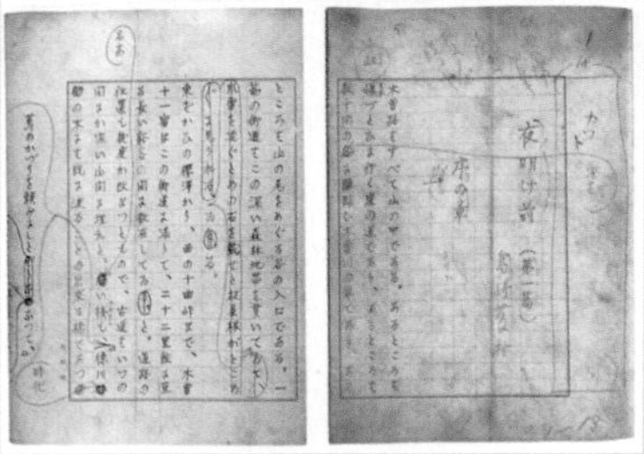
《黎明前》原稿

島崎藤村家人墓地
（林景淵攝）

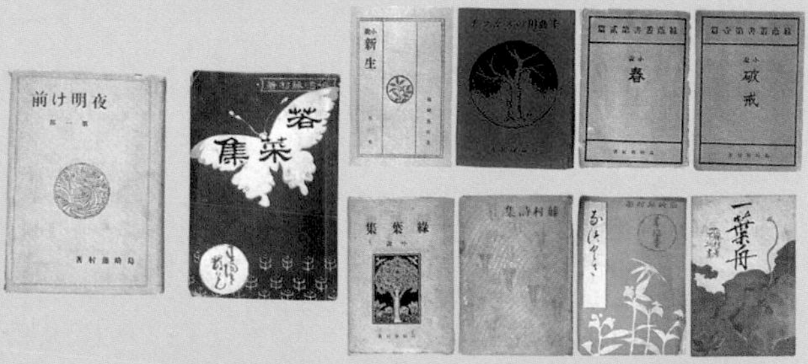

初版書影

馬籠街道

樋口一葉

樋口一葉的書信

鏑木清方所畫的
樋口一葉郵票

台東區立一葉紀念館

山梨縣立文學館展示
樋口一葉的史料

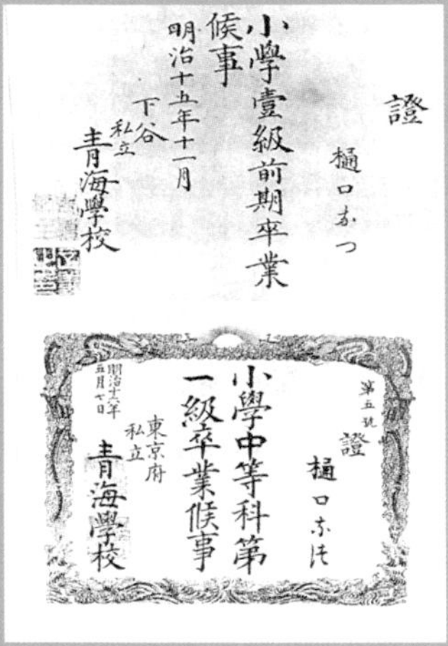

證
樋口なつ
小學壹級前期卒業候事
明治十五年十一月
下谷
私立
青海學校

第五號
證
樋口なつ
小學中等科第一級卒業候事
明治十六年五月七日
東京府
私立
青海學校

畢業證書

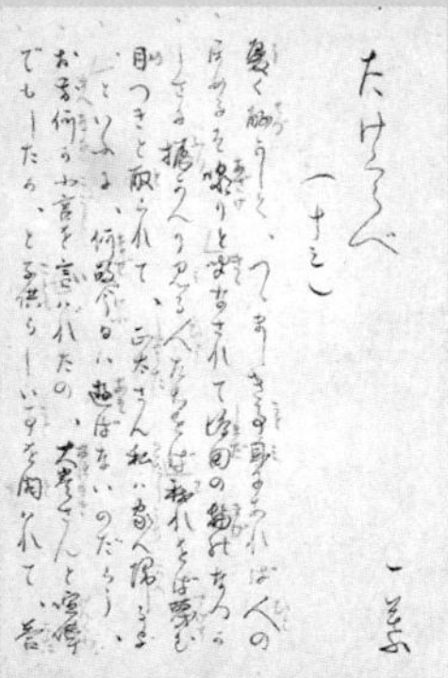

《青梅竹馬》原稿

《青梅竹馬》插圖

2004年發行之紙幣

北原白秋

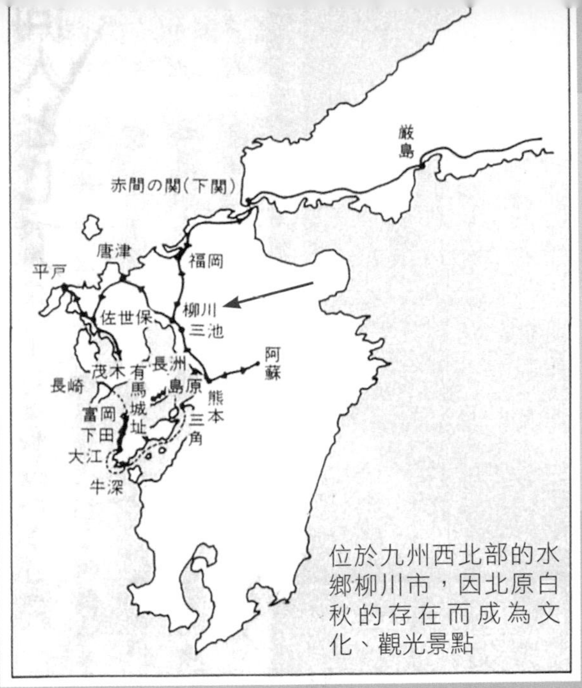

位於九州西北部的水鄉柳川市，因北原白秋的存在而成為文化、觀光景點

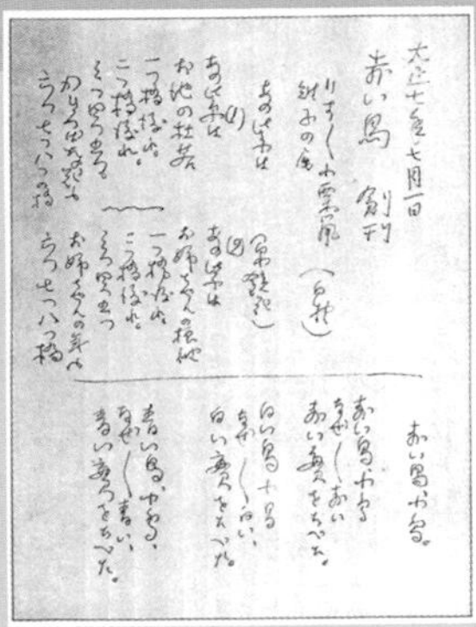

《童謠》原稿

九州柳川市「北原白秋紀念館」

詩刊《SUBARU》

詩集《回憶》初版

詩集《邪宗門》初版

芥川龍之介

菅虎雄（白雲）所書「我鬼窟」的芥川書齋名

芥川畫的河童

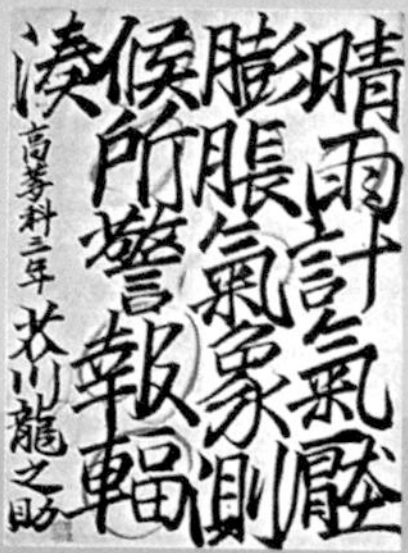

小學生時寫的毛筆字

芥川龍之介墓

位於東京、田端的芥川家

芥川龍之介的水墨畫

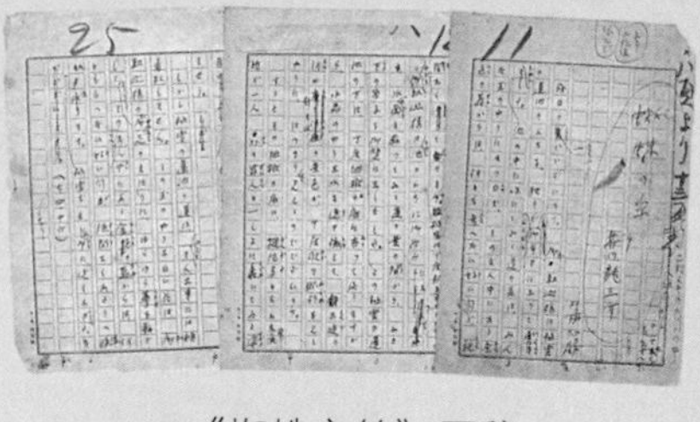

《蜘蛛之絲》原稿

《侏儒語錄》封面

川端康成

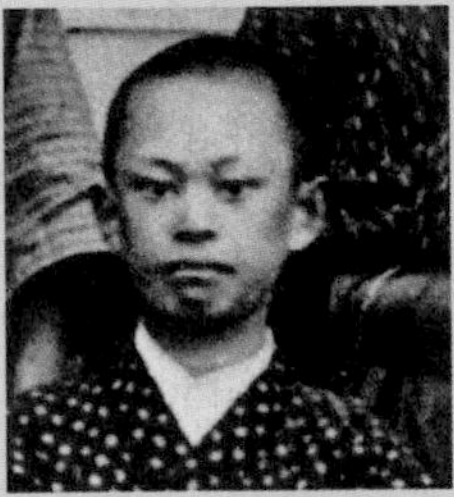

初中二年級的
川端康成

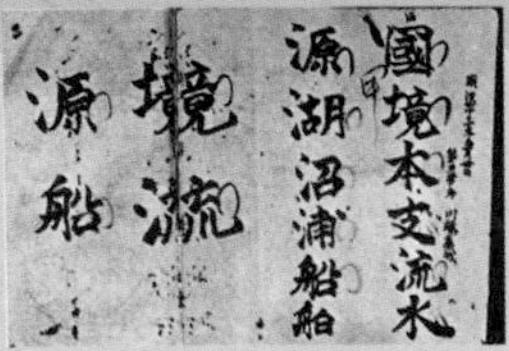

小學五年級書法

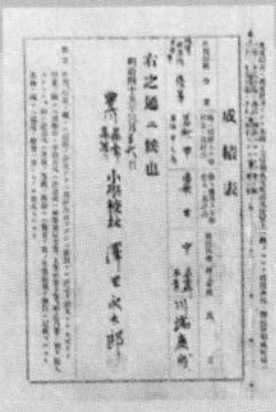

小學畢業提交
初中的成績單

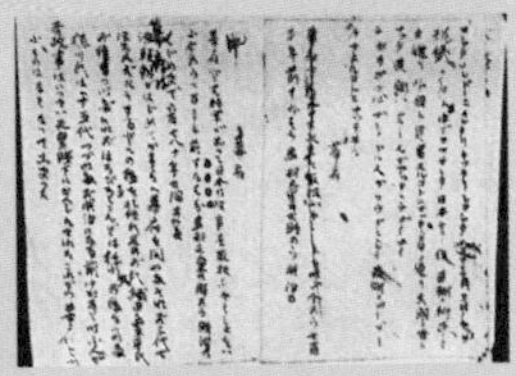

小學五年級作文

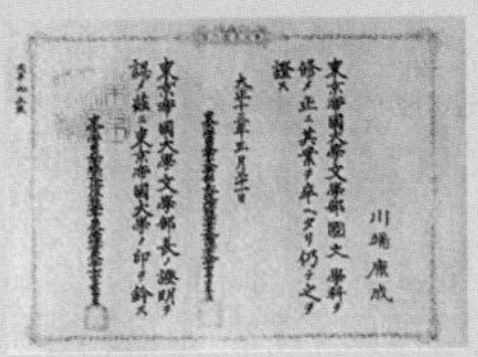

東京大學畢業證書

東京大學入學時攝

位於鎌倉的自宅大門有一塊告示牌説明「週二會客，其他時日謝絕」。

位於避暑勝地輕井澤的別墅

晚年書齋

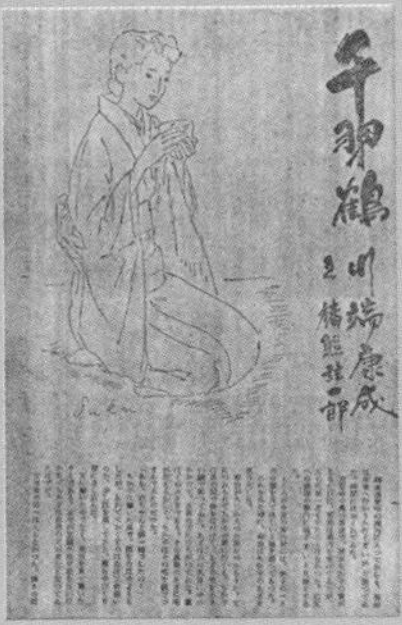

刊登於《讀物時事別冊》的《千羽鶴》

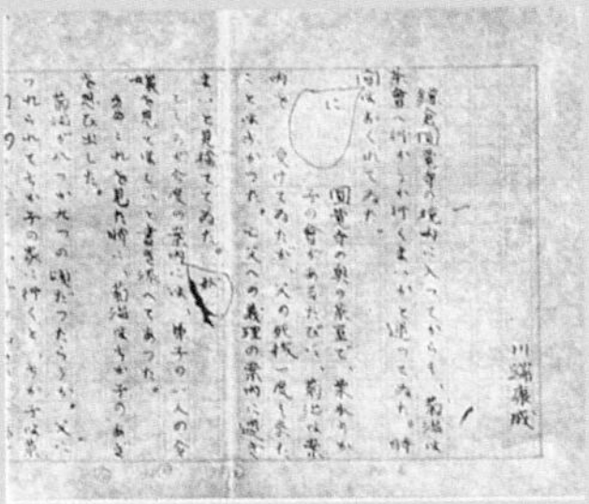

《千羽鶴》原稿

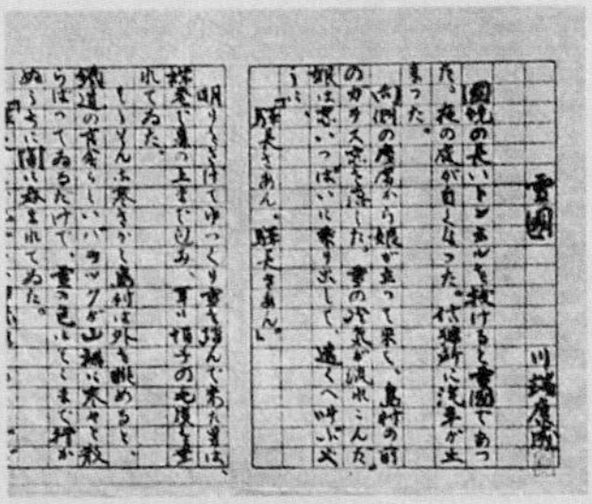

《雪國》原稿

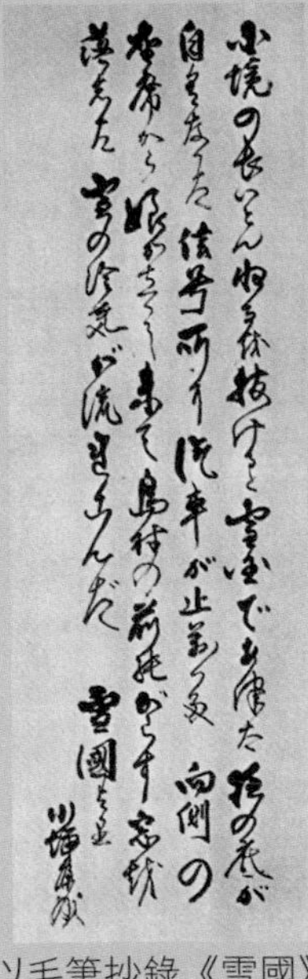

以毛筆抄錄《雪國》開頭的一段文字

川端康成收藏的國寶文物

諾貝爾獎證書

松本清張

「北九州市立松本清張紀念館」外貌

書齋中的松本清張

紀念館內佈置

位於東京的書齋，作家去世後在九州紀念館佈置成原來面貌

芥川獎獎品
（手錶一只）

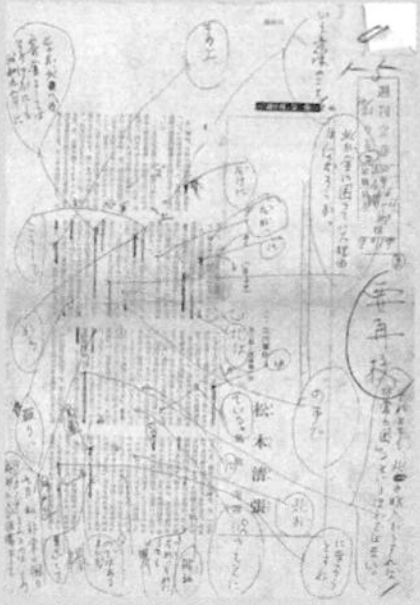

校對稿

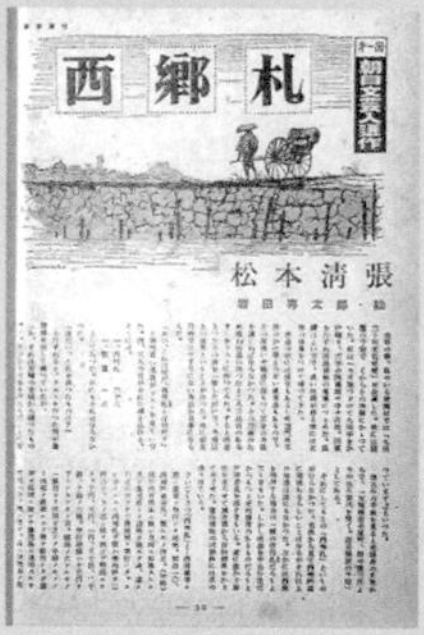

1951年《周刊朝日別冊》刊登了松本清張的《西鄉札》，大大刺激了松本成為職業作家的決心。

松本清張不僅是作家，也是讀書家

司馬遼太郎

寫作中的司馬遼太郎

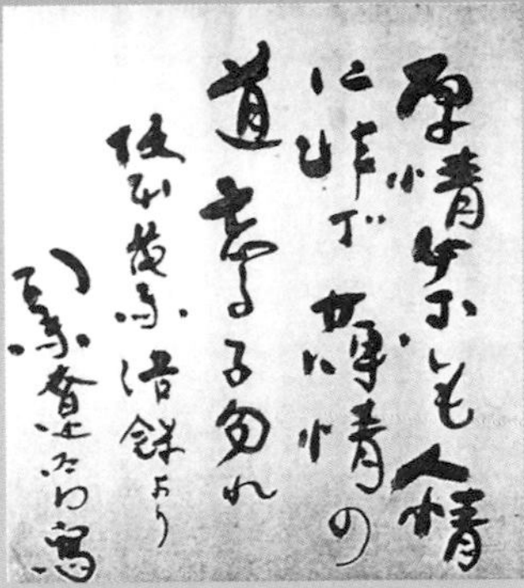

司馬遼太郎抄坂本龍馬句

晚年的司馬遼太郎

愛用的小圍巾
（預防天冷感冒）

黑邊眼鏡

寫稿時修改用的
各色鉛筆

室內十分壯觀的
司馬遼太郎紀念館

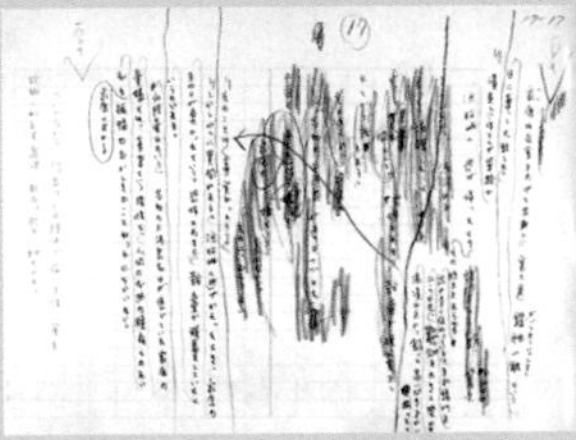

描寫德川家康的原稿

《新選組血風錄》

《坂本龍馬》

《北斗之人》

長篇小說

《花神》

《宛如飛翔》

《蝴蝶之夢》

三島由紀夫

身穿「楯之會」制服，向自衛隊員演說的三島由紀夫

書齋中的三島由紀夫

朝日新聞

三島由紀夫が自衛隊に乱入

演説して割腹自殺

市谷 総監を一時人質

仲間が介錯 一人も死ぬ

「憲法改正に冷淡」動機

《朝日新聞》頭條新聞

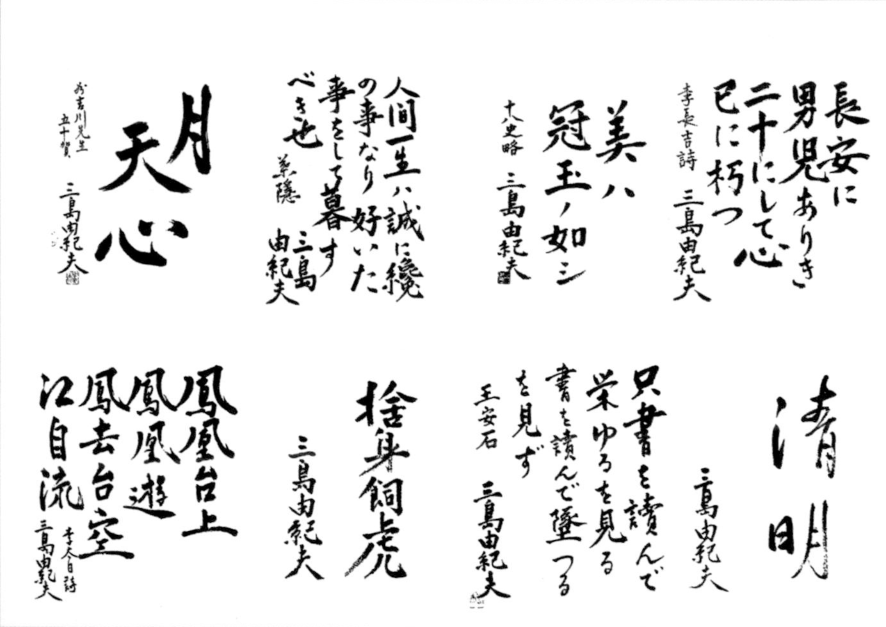

三島由紀夫書法

客廳的椅子由印度師傅製作

書齋

三島由紀夫親自督造的自宅

筆記本，上面記著《曉之寺》

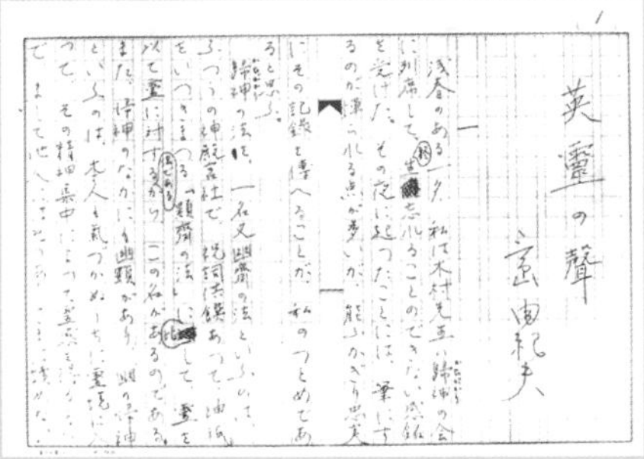

三島由紀夫作品原稿

譯成外文的三島由紀夫作品

【序章】

日出江花紅勝火——小記日本近現代文學發展

日本在現代化過程中，不僅政治、經濟、法律、社會以及各種物質建設大抵學習西方國家；連文化、文學的發展也大都借鏡西洋各國，再逐步發展成爲具有日本特色的成果。

特別以文學的發展而言，從表面的抄襲、模仿到建構獨自的文學理論；從而培養讀書人口，成立指標性的出版單位，建立便捷有效的與圖書發行系統，在良性的文化產業成長中，寫作人才大量湧現，成爲社會上高所得的階層，同時也成爲社會上菁英的代表。一個世紀以來，傑出作家多如天上繁星；他們的作品不斷出現，其中大部分已成爲日本文學的新古典。在東方各國，近代文化發展成績如此燦爛豐碩的，幾乎是絕無僅有。

本文擬將日本近現代文學發展的脈絡加以扼要的介紹，供關心或喜好日本文學的讀者參考。

（一）接軌西洋、揚帆出發

自十七世紀開始進行所謂「鎖國」的日本，由於一八五三年美國艦隊司令培理強迫日本開港，因而引起間隔二百餘年，日本也主動派遣使節前往美國（一八五九年）。

所幸，因閉關自守而造成的「山雨欲來風滿樓」的頹勢，在一八六八年「明治維新」的全面開放下被打消了，取代的是，日本人開始積極向西方探索。

在文學作品方面，最先出現的是《西洋道中膝栗毛》、《安愚樂鍋》，乃是一八七〇年代，帶有西洋味道的舊體小說。不久，後來成爲明治文學巨擘的森鷗外、夏目漱石分別一八九〇年、一九〇〇年前往德國及英國取經。前此，在一八八五年，以翻譯《莎士比亞全集》爲最大成就的坪內逍遙就發表了《小說神髓》，爲往後日本文學發展點上了一盞明燈。

嶄新的文學發展洪流中，尾崎紅葉、幸田露伴、北村透谷、二葉亭四迷、泉鏡花、德富蘆花、田山花袋、島崎藤村……等錚錚多士，分別發表各種流派的小說，各自在氣象一新的日本文壇，綻放令人眼花撩亂的花朵。從此以後，日本文學作家已成爲專職寫作者，豐厚的收入使他們衣食無憂，也一躍成爲社會上的新興階級，綿延不斷。即使一百多年來經歷幾次規模大小不同的戰爭，日本文學發展也不曾遭遇太大的破壞性影響。

(二) 養尊處優、獨樹一幟

英、法作家的收入，在十九世紀以前已打下了良好的基礎。如狄更斯、莫泊桑雖早年困頓，在成名以後，已不必爲柴米油鹽而愁苦。

夏目漱石（一八六七～一九一六年）在青年時代擔任過教師，從事寫作以後，接受朝日新聞社的贊助而走向專職寫作的路。島崎藤村（一八七二～一九四三年）成名前向人借貸而自費出版了代表作《破戒》；不久，情況大爲改善，源源而來的版稅不僅可以過一般日子，更不斷置產，也可以輕鬆安排外國旅遊。

接下來，如菊池寬、芥川龍之介，文人收入已逐漸制度化；菊池寬更是日本少有的文人企業家，爲文人製造無限的附加價值。

到了川端康成、三島由紀夫前後，職業作家幾乎都在避暑勝地（輕井澤）擁有別墅；許多人也出入銀座的酒吧。這兩項特權乃是當時日本最高所得者的指標。

司馬遼太郎、松本清張爆發性的多產，自然爲他們帶來挖掘不完似的金礦。在兩名作家去世後，家人運用版稅而打造的紀念館之宏偉，就不難想像他們收入是多麼可觀。

如日中天的當紅作家村上春樹、赤川次郎等人，每年依然在日本全國納稅名單中獨占鰲頭，這是足以令全世界文人爲之欣羨不已。

(三) 出版文化、良好環境

「日出江花紅勝火」，日本近現化文學的出發的燦爛多采，其背後是隨著文化的蓬勃發展而相繼成立了高水準的出版社；重要者如中央公論社（一八八六年）、新潮社（一九〇四年）、講談社（一九一一年）、岩波書店（一九一三年）、平凡社（一九一四年）、小學館（一九二二年）、集英社（一九二六年）、河出書房（一九三三年）、筑摩書房（一九四〇年）、角川書店（一九四五年）。不消說，這些出版社提供了小說創作者最有力的園地；也有效的開拓廣大的讀者群，形成共存共榮的美好局面。

以最具代表性的作家森鷗外而言，其「全集」、「選集」除了曾由「鷗外全集刊行會」發行過以外，分別由：岩波書店、創元社、東京堂、改造社、筑摩書房、角川書店、河出書房、寶文館出版。

文學刊物更是創作者不可或缺的舞台。《中央公論》在一八八六年就率先問世。其他如：《早稻田文學》（一八九一年）、《文學界》（一八九三年）、《三田文學》（一九〇九年）、《白樺》（一九一〇年）、《文藝春秋》（一九二三年）也相繼投入文學國度。值得注意的是：《中央公論》及《文藝春秋》仍在發行中；而《早稻田文學》及《三田文學》乃是兩大私立名校：早稻田大學、慶應大學發行的刊物。

加以在出版物發行方面，一百年前，日本便訂定了按訂價販售，絕不打折的常規，避免無謂的惡性競爭；而「日販」、「東販」的巨大發行網，也提供了暢通全國的發行系統。一個世紀以來，成爲日本出版業背後的最大支撐力量。

（四）精采的芥川、直木獎

世界各國的文學獎項或多或少的影響了文學的發展，如法國的龔固爾獎、英國的曼布克獎、柑橘獎。但這些獎項的影響力似乎不及日本的芥川獎、直木獎。

設立於一九三五年的芥川獎、直木獎乃是日本文壇健將菊池寬的最大貢獻；當初設立了這兩個獎項是爲了紀念好友芥川龍之介、直木三十五；而芥川獎獎勵對象是純文學、直木獎則爲通俗文學；不過有時兩者不易明白區隔。

自第一屆得獎者石川達三、川口松太郎以來，日本現代重要作家幾乎都是芥川獎得主，如：尾崎一雄（一九三七年）、井上靖（一九四九年）、安部公房（一九五一年）、松本清張（一九五二年）、安岡章太郎（一九五三年）、遠藤周作（一九五五年）、石原愼太郎（一九五五年）、開高健（一九五七年）、大江健三郎（一九五八年）、三浦哲郎（一九六〇年）、田邊聖子（一九六三年）、村上龍（一九七六年）；韓裔李恢成、李良枝亦曾獲得芥川獎，大陸作家李逸則於二〇〇八年獲獎。

長期蓬勃發展的結果，芥川獎、直木獎成爲晉身職業作家的台階；而主辦單位的「文藝春秋社」和《文藝春秋》（月刊）往往也可以分享一部分榮耀。因爲發表的那一期刊物可以銷售較多，而新進作家的作品也大多在「文藝春秋社」出版新書，形成了良性互動的有利局面。

日本文學獎項有數十種之多，但就影響力而言，自然非芥川獎、直木獎莫屬。除了二次大戰末期曾短暫中斷以外，七十年來，它對日本文壇提供的巨大貢獻簡直無法評估。

（五）迻譯外文、吸收精華

日本近現代文學的發展幾乎與西洋文學脫離不了關係的，倒過來說，西洋文學提供了日本文學重要養分，也刺激了日本文學的發展。

自近代思想及文化啓蒙者福澤諭吉發表了《西洋事情》（一八六七年）、《勸學篇》（一八七二年）以來，日本人對於西方文化像大旱之渴望甘霖般的對西洋文化充滿期待。

具有帶領風氣之功的，如：夏目漱石之介紹英國文學、森鷗外之介紹德國文學、永井荷風之介紹法國文學、二葉亭四迷之介紹俄國文學。至於坪內逍遙之翻譯《莎士比亞全集》，竟成爲他畢生最大貢獻；連帶更促成他執教的早稻田大學設立了全國唯一的戲劇博物館（即坪內逍遙紀念館）。

一百餘年來，日本之全面性譯介西方文化、學術著作卓有成效，不僅內容可信，速度尤其迅速。其背後主要是翻譯人才輩出，另一方面，又能建立相對的學術地位，自然也能得到較高的酬勞。如「岩波文庫」（口袋本書），上至希臘、羅馬名著，下至馬克思主義書藉，均有完美翻譯本，文筆深入淺出，可供不同年齡、不同階層人士閱讀。

文學翻譯本也是百花齊放，新潮社的文學系列，德間書店的推理小說、白水社的法國文學譯介都具有重要貢獻；法國文學研究者河盛好藏，英國文學譯介者德岡孝夫等都屬斯界重鎮。

（六）遍佈全國的文學館

近現代日本文學的蓬勃發展，如雨後春筍的不斷誕生傑出作家，留下傳世作品；在作家身後更設立了永久性紀念館，成爲日本人的有形、無形文化財產。

僅僅以較爲偏僻的北海道一地而言，目前就有：井上靖紀念館、三浦綾子紀念文學館、北海道立文學館（陳列有島武郎、石川啄木、渡邊淳一等人資料）、市立小樽文學館（陳列小林多喜一、伊藤整等人資料）、有島紀念館、函館市文學館（陳列龜井勝一郎、石川啄木等人資料）。

日本全國各地的文學館，除了東京、鎌倉、横檳（神奈川）三大文學館具有帶頭作用以外，其他還有較具規模的七十三個文學館，其餘規模較小，或附設在其他文化單位陳列、展示設施不勝枚舉。

這其中，如：石川啄木紀念館（岩手縣）、齊藤茂吉紀念館（山形縣）、德富蘆花紀念館（群馬縣）、田山花袋紀念館（群馬縣）、吉川英治紀念館（東京）、大佛次郎紀念館（横濱）、泉鏡花紀念館（石川縣）、藤村紀念館（岐阜縣）、堀辰雄紀念館（長野縣）、司馬遼太郎紀念館（大阪）、佐藤春夫紀念館（和歌山縣）、森鷗外紀念館（島根縣）、菊池寬紀念館（香川縣）、上林曉文學館（高知縣）、北九州市立松本清張紀念館（福岡縣）……等，規模宏偉，資料豐富，又常搭配各種文化活動，運作靈活，使作家的文化生命不斷延長及擴散，乃是極有意義的措施。

筆者數度造訪東京的近代文學館、吉川英治紀念館；也曾遠赴岐阜山中的島崎藤村紀念館，九州的北原白秋紀念館；看到日本人不分男女老幼，虔誠、謙虛的大量湧入這些文學聖堂參觀，實在令人敬佩又感嘆。

此外，散佈日本全國各地的文學家紀念碑、句碑（詩碑）更是可觀；這也是文學滲透到民間的一個具體例證。

（七）舊書聖地的神保町

東京神保町舊書街集中了一百二十家規模大小不同、販售書籍也各有特色的舊書店，這是全世界各大都市裡最大規模的舊書店區，遠超過倫敦的查林十字路或大英博物館旁的舊書店街。

神保町舊書店肇始於德川家康將當時幕府設在江戶（東京），此後，江戶不斷追隨京都發展文化；時至今日則凌駕了古都京都的規模。在這裡，有提供各大學圖書館的老字號「一誠堂」（它也培養了舊書業最重要人物：反町茂雄）；發行《古書通訊》，又不斷出版與舊書業有關專書的「八木書店」，文史類最爲豐富的「小宮山書店」。更有與魯迅建立友好關係的「內山書店」……等等。

東京不僅神保町有舊書店，其實在二十三區內共有三百家舊書店；這些舊書店和販售新書的書店分別扮演不同的角色，發揮不同的功能。

舊書店最大功能大約就是爲不同世代的讀者提供服務；就文學類書籍而言，經由舊書店系統，使不同版本正常流通；更使特製本、初版、簽名書、限定本……等發揮其不同效應，豐富了文學書的領域。

日本舊書店已有三個世紀的歷史，神保町舊書店大多由第三代以後的家人經營，在文本書籍不被看好的今日仍然一片繁榮景象。連舉辦了兩屆的香港舊書展售會也是由日本久雄堂主辦的。

綜觀日本一百餘年來的文學發展，最先肇始於先知者大力引介西方文學，從而建構了日本新文學理論，也不斷產生重要作品。隨著全國教育的普及，讀者層擴散到各階層；這期間高水準的出版社接連設立，又幸運的建立了合理的銷售制度；寫作者不僅收入豐厚，他們也成爲日本人公認的社會菁英，文化的創造者。加以民間獎項如芥川獎、直木獎刺激新人不斷投入寫作行列，因此人才輩出。一百年前，「日出江花紅勝火」；如今的繁榮景象又如「春來江水綠如藍」。在亞洲國家之中，沒有一個國家可以和日本相比較；就連歐、美各國，能凌駕日本的，想怕也十分稀少。

異國知音——小泉八雲

（一）

近代日本在與西洋各國接觸中，發生過許許多多縱橫交錯的複雜經驗。其中又以十七世紀初期爲保護傳統文化而迫害西方傳教士，從而進行「鎖國」最爲重大。

從文化乃至文學的角度來看，於此幾個世紀中，日本卻幸運地獲得不少異邦知音，引進西方學術及文化；又大力將日本文化介紹至西方。

日本歷史上第一個西方國家的知音應屬三浦按針（William Adams）[1]。這一位英國造船師在加入英國海軍，於一六一一年抵達日本後，因緣際會獲得統治者德川家康的青睞，成爲政府政治顧問。德川家康把相模國三浦郡（二百五十石俸祿）封給他，因此取名「三浦按針」。（「按針」意指：海上導航者）這是外國人在日本擁有封地的唯一案例。

三浦按針在「鎖國」狀況中，不斷提供西方資訊、地理知識，並指導造船技術，對日本貢獻良多。

兩百多年後，德國人西伯特（Philipp Franz Von Siebola）於一八二三年以荷蘭醫生身分來到長崎。在日本六年多，他看診醫病，培養日本醫師，也認眞研究日本。[2]

另一位德國人乃是陶德（Bruno Taut）[3]。他於一九三三年來到日本，居住三年。陶德以專業建築家眼光，評斷京都桂離宮乃是日本最具特色的木造建築；同時又全面性對日本美術、工藝、雕刻加以分析、鑑賞，成爲外國人士評析日本文化、藝術的傑出人物。

從三浦按針，到西伯特、陶德，三個人的共同點，不僅他們都是外國人，更重要的是他們都對日本懷抱著高度興趣和好奇心，而背後更具備著對日本人的善意。

日本的異國知音中，尤其以一八九〇年來到日本的小泉八雲表現最爲特殊，他成爲日本文學史上留下芳名的人物。

小泉八雲，這一位出生於希臘，歷經歐、美數國體驗的異邦人，自從在橫濱登陸後，就深深愛上日本，「從日本式院子、地藏像、日本式紙門，以至山川草木，懷抱著高度新鮮感和誠摯的美意識加以欣賞。」[4]他在日本定居、結婚；在大學執教，也不斷編寫文化、藝術書籍在西方國家出版；簡直是日本免費的代言人；在新興日本的發展過程中，提供了重要助力。

（二）

小泉八雲本名Lafcadio Hearn，一八五〇年六月出生於希臘。父親乃是英國駐守希臘的軍醫，母親是馬爾他島出生的女性。兄弟有三人，長兄幼年夭折，弟弟後來定居美國務農。

由於父親調職印度，一歲時，小泉八雲隨母親回到英國、愛爾蘭。此後，命運的安排使他不斷遷徙各地，居無定所。另一方面，倒也使他學習了多種語文，以及充實了人生體驗。

三歲那一年（一八五三年），父親因病回英國治療，但父母兩人開始不能和睦相處。翌年四月，軍職的父親又赴戰地克里米亞；母親隻身返回希臘。小泉八雲由姨婆（祖母的妹妹）收容扶養。

在小泉八雲六歲那一年（一八五六年），父母正式離婚；父親立刻又再娶，並前往印度赴任。成年以後的小泉八雲十分懷念母親，對父親的薄情一直懷著不滿。因此，當父親偶爾寄來信件時，小泉幾乎未曾回信。

在姨婆家，經濟條件十分優渥。十三歲，被安排進入基督教會設立的卡斯巴特神學校就讀。在這裡，發生了一次意外而使他左眼失明，不僅如此，少年的小泉八雲對學校的課業及生活教育都不感興趣。

倒是姨婆是個篤信宗教的女性，帶著他四處參訪教會、修道院等，使少年時代的小泉八雲對宗教信仰、教堂等，留下特殊印象。後來他接觸到日本神道思想，遂產生特殊思想和感情，也發生交會、移植效應。

對幼年小泉八雲極少關照的父親於一八六七年由印度返回英國途中病逝。翌年，由於姨婆家破產，無法繼續在英國求學，於是由遠親安排赴法國。此次契機，小泉開始對法國作家福祿培爾（福樓拜）等人的作品發生興趣。

十九歲這一年（一八六八年），小泉八雲由法國退學回到倫敦。姨婆已無法支持他龐大的生活費，因此經常流浪街頭，也不能打起精神做一些正經事。姨婆爲了擺脫這個麻煩的人，買了一張船票，叫他隻身前往美國。

一八六九年，身無分文的小泉八雲來到紐約，改乘一班南北戰爭後增開的移民火車，前往俄亥俄州準備投靠姨婆的一位親戚。從此展開他在美國的艱苦日子。他做過旅館門僮、電報送報員、印刷廠校對、廣告代理、煙囪清潔工……等，無家可歸時也睡過別人的馬房。在諸多困頓的日子中，值得一提的是，他盡量抽空去圖書館讀書；也結交了一位好朋友亨利・瓦特金。

瓦特金也是英國移民，在辛西那堤經營一家印刷廠，夫妻兩人的善意和熱忱使小泉八雲感受到超越親情的溫暖。更因爲瓦特金的介紹而擔任辛西那堤圖書館長秘書，從此不僅不必四處流浪，在館長和瓦特金的鼓舞下，小泉八雲對自己的能力逐漸建立自信，使他走向文化研究之路。瓦特金是小泉八雲畢生的友人與恩人；在小泉八雲去世後，集合了信札而出版一本《Letters form the Raven》[5]以紀念他。

從一八七二年年初起，他開始向辛西那堤一家報紙投稿，秋季，他成爲正式記者。在許多報導中，尤其是社會底層以及黑人議題報導內容最受重視。這期間，小泉又結合一位插畫家合作刊出一份週日版的《Ye Ciglampz》（大眼鏡）。

一八七六年三月，小泉轉至《辛西那堤商務報》擔任社會記者。此後，收入安定、生活也大爲提升，利用空暇翻譯法國文學作品。也在當地結交了幾位音樂評論家。

一年後，遷居路易斯安那的紐奧良。居住在庶民區，對法裔混血白人發生興趣。日常則爲《辛西那提商務報》撰寫通訊稿。

在紐奧良一年後，進入一家當地報社，撰寫評論、散文、翻譯以及附有漫畫的報導。寫作以外，以讀書、游泳自娛。

幾年後，改入《Times Democrat》（民主時報），擔任藝文版主編，有系統的介紹法國、俄國文學作品。

一八八二年，他出版了翻譯自法國作家（T. Gautier）的五篇短篇小說。這是小泉八雲有系統透過翻譯介紹外國小說給美國讀者之始。[6]

之後的數年，除了寫作，且出版一本集合埃及、印度、芬蘭、猶太、阿拉伯、愛斯基摩……等地民俗文學的《異文學遺文集》。這期間曾至密西西比河上游、佛羅里達等地旅遊。一八八四年年底，日本派遣服部一三前往紐奧良參加建城百年典禮；小泉八雲寫了一篇訪問稿在《哈潑月刊》發表，這大約是他第一次正式接觸日本人。

到了一八八七年，他出版了《中國怪談集》。之後，從紐奧良出發，經紐約前往西印度群島，體驗原始生活。這時也辭去報社工作，全心全力做島嶼居民的研究，這一段具有開創性的文化體驗歷經兩次來往，共花費一年有餘。他於一八八九年五月返回美國費城。九月出版了西印度群島考察書籍。

四十歲時（一八九〇年）小泉在美國出版了《法領西印度群島的三年》及小說、翻譯各一冊。是年三月，經由加拿大，搭船前往日本，四月四日抵達橫濱。日本之行，幾乎改變了他的一生。

原來出差性質的日本之行，竟使他到了日本便辭去美國出版社的工作。經由東京大學教授，以及文部省官員服部一三（在美國認識的日本人）的介紹，擔任島根縣松江中學的英文教師。

一八九〇年八月三十日抵達松江的小泉八雲，在松江中學教務主任西田千太郎的熱心協助下，教書工作和日常生活很快進入正常狀態，西田更是他的忠實翻譯。不久，由於西田的斡旋，小泉八雲得以在參拜「出雲大社」（神社）時破例以一個外國人身分進入內殿。

翌年（一八九一年）二月，在西田千太郎的介紹下，與日本女性小泉節結婚。從此開始使用「小泉八雲」[7]這個名字。在松江，曾會晤了學者井上圓了（東洋大學創校人）；又接待了東京大學德籍客座教授卡爾·弗洛達斯。小泉八雲更幸運的觀察了當地少數民族的「大黑舞」，也採集了相關的民謠歌詞。

在松江生活一年餘，因天候問題於一八九一年十月改任九州熊本第五高中教師。該校校長是以提倡柔道聞名的嘉納治五郎，對小泉八雲十分禮遇。在熊本，薪水是原來的兩倍，生活較為安定，夫婦搬入一處十分滿意的武士舊宅邸。教課之餘，投稿給美國的《大西洋月刊》，連載日本印象記文字。

在熊本，小泉開始大量發表文字。《日本瞥見記》、《東方國通訊》兩書文字大約在此時完成或是同一時期的旅遊體驗。小泉八雲更利用暑假前往京都、奈良、廣島、倉敷等地，又渡海至離島隱岐居留三星期。對隱岐的靜謐自然大為讚賞，計畫退休後定居隱岐島。

在熊本的安定生活中，除了授課以外，也在《民主時報》撰寫介紹日本文化、風土民情的文字。這期間因附近建立天主教教堂而遷居他處。

熊本時期完成的《日本瞥見記》於一八九四年九月在美國出版；這一年的甲午戰爭，使西方各國開始注視日本動向，此書也快速再版。同年十一月，教職合約到期，對小泉八雲十分善意的嘉納校長也要離職，加以對教職的倦怠；因此，雖然仙台、鹿兒島高中有意聘請，小泉八雲並沒有接受。而改任神戶一家報紙《Kobe Chronicle》（神戶年代報）的專職人員，撰寫每日一則的評論（這些文字後來在美國出版）。

在神戶一年多，一八九六年二月，小泉八雲申請歸化為日本人。八月，接受東京大學（當時的「帝大」）文學院長外山正一的邀請，擔任英文教師。開始講授英美文學史、莎士比亞……等。選修的學生有：上田敏、廚川白村……等人。小泉八雲到一九〇三年為止，總共在東京大學執教了六年。

在東京大學任教期間，小泉每年夏天必定前往靜岡縣燒津避暑。這期間，出版了：《心》、

《佛國落穗》、《異國風物及回憶》、《雲之日本》、《明暗》、《骨董》、《日本雜記》。可以是相當豐收的一段歲月。

到了一九〇三年一月，發生一件使小泉八雲十分震驚及憤懣的事，也是踏入日本國土以來最爲不快的事——東京大學文學院長井上哲次郎通知他已被解聘。

這件事不僅受業弟子表示不滿，推派代表與學校交涉；消息傳到英、美兩國，紛紛指責東京大學的蠻橫態度。在如此形勢下，文學院長終於屈服，向小泉八雲賠罪；但這次的重大打擊使小泉八雲對東京大學十分灰心，堅持不再回到東京大學校園。事實上，在知遇外山正一（原文學院長，升任校長、文部大臣）於一九〇〇年去世後，小泉八雲在校園內十分孤單，只是他本人沒有細加體會而已。

翌年（一九〇四年），著書《日本》完稿，四月，應聘至校園氣氛不同的私立早稻田大學執教，使他彷彿回到初抵日本時的松江中學教師時代。離開東京大學留下的心結，得以稍稍解除。九月十九日，小泉心臟病發，原本計畫應邀至倫敦大學、牛津大學的出國之行，不得不延期。而至二十六日，心臟病再度發作，小泉不幸去世。享年五十五歲。

小泉八雲的法號「正覺院淨帶八雲居士」，墓園在東京市內雜司谷。

一九一五年，日本政府正式追贈「從四位」官位。

（三）

出生於希臘，幼年、少年時期在英國及法國，青年時期在美國成長，也在美國工作一段時期的小泉八雲，後來又刻意前往西印度群島等地。嗜好文學的他，對於各民族的風俗習慣、文化傳承也累積了不少觀察、體驗。

四十一歲那一年（一八九〇年）來到日本，乍來初到，便對這一個東方島國充滿熱情和興趣，從此結下深切的因緣。

在如火如荼展開西化運動的明治維新時期（一八六八年～一九一二年），日本意外的迎接了一位通曉英、法文的外籍知識份子，成爲免費代言人。

雖然，在此之前也有英國人葛南德（William Gowland）撰寫了《日本之石坂與墳墓》；格里費斯（William Eliot Griffis）撰寫了《皇國》、《日本之宗教》等探討日本歷史文化的書籍[8]，所不同的是，他們是日本政府特聘的學者、專家；與小泉八雲隻身志願來到日本，長期居住又歸化日本國籍的情況不一樣。當然，小泉八雲著述的數量之多也不能忽視。

綜觀小泉八雲的日本經驗，大抵是豐富而愉快。除了東京大學解除教職事件遭受打擊以外，他在日本接觸的人，許多都成爲關係密切的友人。

一八八四年，小泉八雲在美國紐奧良認識了文部省官員服部一三；抵達日本後，服部是推薦他去松江中學教書的人之一。在松江中學時，教務主任西田千太郎於公私兩方面照拂很多，成爲終身朋友，甚至結婚對象也是他介紹的。東京大學外國人教師錢巴練也是恩人之一，在日本期間一直保持聯繫。東京大學文學院院長外山正一也是對小泉八雲具親近感的人，後來到擔任校長、文部大臣，一直對小泉懷抱著善意。甚至連鮮魚店老闆山口乙吉都是小泉的好朋友，小泉每年去靜岡縣燒津都會親自探訪。

小泉八雲的妻子小泉節更是一位賢淑女性，支持他的事業，照料日常生活，甚至陪同旅遊日本各地。夫妻也生了三男一女，可謂美滿家庭。

小泉八雲對日本的感情也很特別，甲午戰爭後，他爲日本戰勝而高興；卻又爲日本的西化而憂心。就任東京大學教職後，在校園內絕不和其他眾多外籍教授接觸交談，下課時間寧可在校園漫步，自得其樂；授課後立刻回到住處。到了早稻田，不僅校風大不相同，教授身著和服者頗不乏其人，使小泉八雲產生親切感。[9]

小泉八雲寄與日本的感情，幾乎是全面而絕對的，他對日本的「神道」理解如下：「難以計量的宗教權威，連帶各種祖神，以及高貴的血統，促成這個民族自古以來擁有各色各樣的神威，如此出自內心的驚畏崇拜之念，存於我的內心深處。」[10]

對於日本人，小泉八雲也賦予極高評價：「這個國度人們的美感、藝術才能、剛毅精神、忠義赤誠、虔誠信仰，全部在魂魄中自父祖傳承而來，甚至培育於無意識的本能之中。」[11]

而這樣明確深入的日本認識和瞭解，實際上在美國時，小泉八雲已在紐奧良等地蒐集有關日本的書籍；在赴日的前一年已讀過《古事記》的英譯本。[12]

小泉八雲的著作大抵都是英文，又大多在美國出版；出版後，經由日本學者加以編譯在日本出版。其中英文原著有以下數書：

《Glimpses of unfamiliar Japan》（日本瞥見記），一八九四年出版。原書共七百餘頁，內容有：〈遠東第一天〉、〈盆蘭傳統舞蹈〉、〈諸神之國的首都〉、〈日本庭園〉、〈日本人的微笑〉……等。

《Out of the East》（東方國通訊），一八九五年出版。內容包含：〈與九州學生相聚〉、〈柔術〉、〈紅色婚禮〉、〈橫檳所見〉……等。

《Kokoro》（心），一八九六年出版。收入文章有：〈日本文化眞髓〉、〈某保守主義者〉、〈祖先崇拜思想〉……等。

《Gleanings in Buddha-Fielas》（佛國田中的稻穗），一八九七年出版。內容有：〈涅槃〉、〈生神〉、〈勝五郎再生記〉……等。

《Exotics and Retrospectives》（異國風物及回想），一八九八年出版。以記述登上日本聖山：富士山爲主要內容。

《Kotto》（骨董），一九〇二年出版。收有：〈幽靈瀑布傳說〉、〈茶碗中〉、〈常識〉……等。

《Kwaidan》（怪談），一九〇四年出版。內容有：〈缺耳的阿芳〉、〈阿貞〉、〈奶母阿櫻〉、〈食人鬼〉、〈安藝之助夢境〉、〈雪女〉……等。

美國也出版了小泉八雲的《書簡集》，共十六卷。

而將小泉作品編譯成日本的書籍也頗多，最具代表性的平井呈一《全譯·小泉八雲作品集》，十二卷，恆文社出版。單行本如：落合貞三郎的《日本與日本人》、平川祐弘編的《明治日本的面貌》、《怪談、奇談》、《諸神之國首都》、《固列歐陸物語》，以及上田和夫譯：《小泉八雲集》等。

小泉八雲的另一項重大貢獻是在東京大學的英、法文學教學講義。朱光潛認爲：「他能看透東方學生的心孔，然後把西方文學一點一滴地灌輸進去。……他不僅給你一些文學常識，他最關心的是教你如何欣賞，提醒你對於文學的嗜好。他自己對於文學是一個極端的熱情者，他也極力引誘你同他一塊拍掌叫好。」[13]

身後，小泉八雲的上課講義在美國出版，第一、二冊是：《文學導論》（Interpretations of Literature），第三冊是：《詩歌欣賞》（Appreciations of Poetry），第四冊是：《生命與文學》（Life and Literature）。美國哥倫比亞大學教授阿斯鏗（J. Erskine）對《文學導論》給予高度評價。

而小泉八雲居留美國時期所撰寫的文字，也於一九二三年結集出版，書名《東西文學評論》

(Essays in European and Oriental Literature)。

朱光潛強調小泉八雲介紹西方文學時，能夠巧妙的「把一種作品的精髓神韻宣洩出來，引導你自己去欣賞。」對他的文學評論也加以肯定，認為小泉八雲「不失為文學批評家中一個健將。」

(四)

日本的「明治維新」(一八六八～一九一二年)乃是全國風起雲湧，進而全身換血的年代；在這前後，西方探險家、外交官紛至沓來，也留下許多寶貴紀錄，其中如梅蘭的《日本》(G.F. Meijlan:Japan)、柯尼固的《日本滯在記》(A. De Coningh:Mijn verblijf in Japan)、《培里遠征記》(The Expedition of an American Squadron)、奧利亨得的《日本》(L. Oliphant:Le Japan)……等書[14]，大抵都是作者親自對日本現狀的觀察而寫下的紀錄文字，其中又以西伯特所寫一系列的《日本》(V. Seibold:Japan)最為龐大而深入。

西方人士對日本文化的理解和介紹，小泉八雲是空前的。其中最重要的原因在於小泉八雲對日本的特殊愛戀，這是任何人都無法取代的。

在京都旅遊時間並不太長，小泉八雲對神社建築及信仰佩服得五體投地；反而對佛寺的雜亂表示反感，指責日本人的不敬。對京都的織布技術、金銀加工都給予高度評價，甚至對四條大橋、四條河原也高度讚賞。[15]

對日本及日本人的觀察，從日本的國民性、信仰、祖先崇拜，到嚴守忠義、愛惜名譽、具強烈的使命感；以至對大自然的愛好，山林河流以及花木庭園……等，小泉八雲幾乎都賦予正面評價[16]。日本面臨全面性重大變革以及西方勢力漫天蓋地到來的年代，小泉八雲扮演了無比重要的角色；而這一切都來自小泉八雲自己的意願。日本幸運的擁有這一位異國知音。

目前，小泉八雲大部分藏書保存於富山大學圖書館，島根縣松江設有「小泉八雲紀念館」，也保存著「小泉八雲舊居」；在熊本也保存有「舊居」。此外天理大理圖館也有「小泉八雲文庫」。

日譯本的各種書籍，除上述全譯本以外，分別由古川書房、講談社、新潮社等出版社繼續印行，廣泛受到日本讀者的閱讀。

注

1 參考：川島元次郎：《朱印船貿易史》二九五～三八九頁。巧人社，一九四二年八月。
2 參考：伴忠康：《適塾人めぐる人々》四六～五三頁。創元社，一九七八年二月。
3 B. Taut著，森儁郎譯：《日本文化私觀》，明治書房，一九四三年六月。
B. Taut著，森儁郎譯：《ニッポン》，講談社（學術文庫），一九九一年十二月。
4 柳井迪夫：〈序〉。收入富市大幹：《小泉八雲と日本の心》，古川書房，一九七八年四月。
5 「Raven」這個字是「老鴉」的意思，出現於愛倫坡的作品中。瓦特金以「老鴉」影射小泉八雲的特殊性格，也表示兩人的親暱。
參考平井呈一編〈年譜〉。《小泉八雲集》（明治文學全集，四八），筑摩書房，一九七〇年十月。
6 見渡邊一夫、鈴木力衛著：《フランス文學案內》，一六一頁。岩波書店（岩波文庫別冊二），一九八三年六月。
7 「八雲」兩字取自《古事記》上卷，「爾速須佐之男命」、「八雲籠罩出雲八重垣……」
8 參考：梅溪昇：《お雇い外國人》，一八二～一八四頁。鹿島出版會，一九六八年四月。
9 平井呈一編〈年譜〉，《小泉八雲集》（明治文學全集・四八），筑摩書房，一九七〇年十月。

10 轉引自関岡英之：〈小泉八雲の聲を聞く〉，《今こそ問ろ，日本人の志はどこへ行った》（別冊正論，三），產經新聞社，二〇〇六年七月。

11 同注10。

12 平井呈一：〈八雲雜考〉，收入《小泉八雲集》，三八四～三九〇。（明治文學全集，四八），筑摩書房，一九七〇年十月。

13 朱光潛：《我與文學及其他》（附錄二：小泉八雲）一一〇～一二三頁。廣西師範大學出版社，二〇〇四年十二月。

14 參考京都外國語大學附屬圖書館編：《圖錄、西洋との出會い》，一九七七年五月。

15 壽岳文章：〈八雲と京都〉，收入《壽岳文章集》，一一七～一二三頁。彌生書房，一九八三年二月。

16 參考高木大幹：《小泉八雲日本心》，古川書房，一九七八年四月。小泉八雲著、落合貞三郎編、胡山源譯《日本與日本人》，九州出版社，二〇〇五年十一月。

莎翁傳人——坪內逍遙

（一）

在日本，提起「坪內逍遙」這個名字，最先被連想起的就是《莎士比亞全集》。此種情形，有如問起荷蘭畫家，人人都會舉出「梵谷」一樣。

坪內逍遙自一八八四年著手翻譯英國莎士比亞的戲劇作品，至一九二八年十二月完成了四十卷的《莎士比亞全集》，耗去了坪內一生的黃金歲月，卻也在日本文學史上留下重要的篇章。

爲了報答坪內逍遙的長期奉獻，學界人士及坪內的友人共同促成在他畢生執教的早稻田大學校園內，建築了一棟「坪內博士紀念演劇博物館」。這一所紀念館成爲日本唯一的戲劇博物館，不僅收藏包含坪內逍遙捐贈的文物、相關史料、文獻和戲劇服裝、道具等，也推動不少表演活動。一九五六年六月四日，平劇演員梅蘭芳赴東京公演之便，曾到這個博物館參觀；由於對該館收藏的豐富大爲感動，結束公演時，捐出了三十三件服裝、樂器等。[1]

然而，莎士比亞的翻譯工作和成就，似乎把坪內逍遙在日本近代文學發展上的其他重要貢獻掩蓋了。

其一，一八八五年，他完成了《小說神髓》。這一本小說理論著作，乃是日本近代文學分歧點的代表作。兩年後，受到《小說神髓》影響的第一本小說《浮雲》（一八八七年，作者二葉亭四迷）問世，這是現代理論架構下產生的文學作品。

其二，在同一年（一八八五年）也推出了《當世書生氣質》。這一本小說的寫作技巧，若干年後與其他小說比較，容有許多討論空間；然而，書中內容對文化界、學術界卻發生暮鼓晨鐘的警世作用，其貢獻也是難以評估的。[2]正因爲如此，日本學者谷澤永一評選出一九六五年爲止，一百年內的創作小說前十名時，將《當世書生氣質》排在第一。[3]

正如正宗白鳥所說的，翻閱《逍遙選集》（共十五卷）時，倘若按照年代順序加以閱讀，這一套選集本身也等於明治文學史、明治大正戲劇史[4]。坪內逍遙開風氣之先，建構日本現代文學史基礎的偉大貢獻，絕對不單單表現在莎劇的介紹而已。

有關坪內逍遙的成就，早在一九二九年謝六逸撰寫《日本文學史》時，就以較多篇幅加以介紹。[5]

（二）

坪內逍遙出生於西元一八五九年（日本安政六年）五月二十二日。老家是「美濃國加茂郡太回村」（現在的岐阜縣美濃加茂市）。父親坪內平右衛門是一名低階武士[6]，他排名老么，兄弟姊妹共十人。

幼年名勇藏，後改名雄藏；筆名「逍遙」兩字取自《莊子》的〈逍遙遊〉。

十歲時，舉家搬至名古屋附近，進入「寺子屋」（民間私塾）讀書。在這之前，大致由乃父教授識字、算術等。長大成年後，坪內逍遙自認為在性格上，受父親影響很深，例如：具有神經質，又有潔癖傾向，頑固及正直；沒有人緣、偏激……等。

遷居名古屋附近後，對坪內逍遙產生極大刺激。首先是比較有系統的在「寺子屋」讀書；其次是附近有一家大型租書店，令他大開眼界，也成為消磨時間的重要場所。此外，也在此時，母親帶他觀賞戲劇，養成日後對戲劇文學的熱中。

一八七二年，長兄輔導他進入洋學校（後改名成美學校）學習英文。兩年後，再進入愛知外國語學校進修，在這裡，從外國籍教師的教學中接觸到莎士比亞作品。

與同一時期誕生的日本文人島崎藤村、夏目漱石等人的境遇十分類似的，明治維新（一八六八年）造成日本大環境的改變，反而使出身地位校低的坪內逍遙有了翻身的機會。

外國語學校畢業時（一八七六年），被指定可以報考東京開成學校（翌年統合改名東京大學），九月進入普通科，並住入宿舍。與同學中的高田早苗、市島謙吉成為畢生好友。其中高田曾任早稻田大學校長、文部大臣（教育部長）。

兩年後（一八七八年）升入大學本科文學院。此時校內掀起西洋文學風潮，坪內逍遙在高田早苗的感染下開始大量閱讀西洋文學作品。一八八○年，將英國作家W.Scott的小說譯成《春風情話）出版（筆名「橘顯三」）。

由於過度熱中西洋文學，坪內逍遙修習的科目出現兩科不及格，因而失去公費生資格。畢業前後，爲了張羅學費及生活費而東奔西跑，不斷打工過日。

到了一八八三年（二十四歲）七月，正式在東京大學畢業。在高田早苗的推薦下進入「東京專門學校」（後來的早稻田大學）擔任教師。從此與早稻田大學結下了一輩子的密切關係。

執教早稻田大學的同時，坪內逍遙也展開文筆生涯，其中包括長期投入的莎士比亞作品的翻譯，一八八四年五月率先出版了《自由太刀余波鋭鋒》（梁實秋譯：朱利阿斯西撒，Julius Caesar）。早期翻譯深受舊學影響。此外，坪內在此書第一次使用「逍遙遊人」的筆名。[7]

一年後（一八八五年）六月出版《當世書生氣質》，九月出版《小說神髓》。前者是一本長篇小說，後者則爲小說理論，從此奠定了坪內在日本文壇的地位。

同鄉的二葉亭四迷於一八八六年一月拜訪坪內逍遙，從此成爲文壇上的亦師亦友親密關係。坪內於同年結婚，夫人成爲身邊最佳伴侶。這一年也發表了《內地雜居未來之夢》等作品，並開始著手參與戲劇改良運動。

一八八九年十二月應聘爲《讀賣新聞》文學主筆；作家尾崎紅葉、幸田露伴也成爲報社的一員。在此前後，夏目漱石也曾經擔任《朝日新聞》專屬作家。此種作家寄生於報社的結構，不久以後，因作家的經濟條件大幅改善而消失。

翌年（一八九〇年）協助創設早稻田大學文學系；接著（一八九一年）又創立「早稻田文學會」，發行《早稻田文學》。這是早稻田大學文學系在日本文壇上占有重要地位的嚆矢。在此前後，與森鷗外進行文學理論筆戰。

對日本文化、教育界提供多方面貢獻的坪內逍遙於一八九六年就任早稻田初中的「教頭」（教務主任）。五年後改任校長。這期間，對初中的倫理教育研究十分投入；也同時在進行編纂一套小學用的《國語課本》。大約是過度忙碌，在這段時期內引發失眠症、胃腸病等。

日本政府認定坪內逍遙的具體成就，於一八九九年三月頒予文學博士學位。

到了一九〇三年，坪內因身體狀況不佳而辭去初中校長。翌年（一九〇四年）起大力提倡戲劇、文藝活動。首先是公演舞台劇「桐一葉」，接著出版《新樂劇論》。又與東儀鐵笛等人設立「易風會」（文學朗讀會）；與大隈重信（早稻田大學創校者）等人創立「文藝協會」。不久，在「歌舞伎座」（劇場）公演莎劇〈威尼斯商人〉以及〈常闇〉等。一九〇七年，在「本鄉座」（劇場）公演〈大極殿〉、〈哈姆雷特〉、〈新曲浦島〉。這一年婉辭「帝國學士院會員」的榮譽職稱。

一九〇九年，提供自宅充作「文藝協會演劇研究所」。二月出版《哈姆雷特》，莎劇的翻譯工作也積極進行。翌年就任「文藝協會」會長；假新近落成的「帝國劇場」推出公演活動，演出〈哈姆雷特〉、〈威尼斯商人〉。接下來在大阪、京都、名古屋三地進行公演活動。一年後，

「文藝協會」發生內部糾紛，坪內退出演劇活動。

摯友高田早苗一九一五年就任大隈重信內閣的「文部大臣」（教育部長），坪內也辭去早稻田大學教授職。之後的一九一八年，被邀請就任早稻田大學校長，坪內沒有同意。一九二〇年，回到早稻田學園，設立了「文化事業研究會」，並指導「朗讀法」。這一年自東京移居熱海水口村別墅「雙柿舍」，因地利之便，在當地指導戲劇活動。

發生於一九二三年的「關東大地震」使坪內自宅受損，因此將家中所有藏書捐贈早稻田大學圖書館。次年，開始在早稻田大學校內開設「莎劇講座」；並持續三年左右。

坪內逍遙的畢生成就展現於一九二六年，也就是六十七歲這一年。《莎翁全集》（四十卷）、《逍遙選集》（十五卷）都在同一年出版。接著，在早稻田大學校內蓋了一座仿英國劇場建築結構的「坪內博士紀念演劇博物館」，也成立了「演劇博物館後援會」以支持博物館推廣各種活動。坪內逍遙本人爲了回應這項重要文化活動，將東京、熱海的土地、房舍全部捐獻；出版報酬也全部捐出來。

爲了「國劇」（歌舞伎等）的發展，一九三一年坪內創刊了雜誌《藝術殿》；其餘時間則投入莎劇翻譯的修訂工作。

將一生中大部分時間投入莎劇翻譯和推廣的坪內逍遙博士逝世於一九三五年二月二十八日，享年七十六歲，法號「雙柿院始終逍遙居士」。在東京「青山齋場」（殯儀館）舉行「早稻田大學葬禮」，安葬於熱海海藏寺。

（三）

坪內逍遙誕生於日本新舊世代交替之際，在老家名古屋一家租書店幾乎讀遍全書店書籍。前往東京以後，熟讀了當時傳至日本之僅有的少數英國圖書，刺激了文學思想；如此的坪內，立刻迎向新文學發展局面[8]，也成就了坪內在現代日本文學上的偉大貢獻。這背後，坪內逍遙的超人眼光、聰明才智以及堅定毅力是可以想像的。

因此，日本明治維新初期的文學，實際上是坪內逍遙一個人建構起「與西洋文學可以媲美的基本概念。」[9]其影響力擴散至整個日本文壇。坪內逍遙和福澤諭吉並列成日本現代啓蒙人物。[10]

不過，一般日本人的印象中，坪內逍遙最大成就大約是莎劇的介紹及翻譯。

事實上，在坪內逍遙之前，已有和田垣謙（一八七八年）、井上勤（一八八三年）等人翻譯了莎士比亞的劇本。[11]

然而，就翻譯工作的投入及成果而言，當然首推坪內逍遙一人。

自二十五歲（一八八四年）開始譯介莎劇，至六十七歲（一九二六年）完成全集，前後歷時四十二年的漫長歲月。其中，各種翻譯本陸陸續續問世；也大多由早稻田大學出版。由於耗時漫長，前後譯本的用字、用詞受到譯者本身及社會環境的影響，出現了不統一的情況。一九三三年起又加以修訂，一九三五年，修訂版的《莎士比亞全集》由中央公論社出版。

除了莎劇的譯介以外，坪內逍遙的《小說神髓》（一八八五年）在現代日本文壇也占有極爲重要的地位。

《小說神髓》乃是日本舊小說轉型到現代小說的分水嶺。坪內分析過去的舊小說，再舉出小說的種類，並展開方法論（文體、人物角色的安排、段落及情節……等）。

坪內逍遙揭櫫了幾項要點：

一、小說作品是崇高藝術，不可認爲是無用的稗官野史作品。
二、文學乃是藝術的展現，應脫離道德束縛及政治、功利思想。
三、小說應描述世間情慾的自然狀態，不能違背常理。
四、從此日本應產生改革後的小說，急追西洋各國。[12]

令人感到震驚的是，接觸西洋文學理論不多的坪內逍遙，他寫的《小說神髓》，與英、法、德同類書籍比較，居然處於超前的地位。[13]

與《小說神髓》同一年出版的《當世書生氣質》在日本現代文學史上也許沒有太高評價。

然而，在當時的時空條件下，它卻有開創性的啓蒙作用。事實上，坪內逍遙推出以十名大學生爲主角的社會小說，眞正的意圖乃是在批判明治維新以前的瀧澤馬琴（著有《南總里見八犬傳》等）、山東京傳（著有《通言總籬》等）的舊小說。[14]

然而，由於客觀因素的影響，坪內逍遙在日本文學史上的地位依然有其局限性。正如同文學評論家正宗白鳥所客觀分析的，坪內逍遙具備時代先驅的氣魄，卻未能眞正成爲時代先驅。爲什麼？以坪內逍遙的文學思想與同時期的二葉亭四迷、森鷗外互相比較，便可以瞭解箇中緣由。二葉亭吸收了俄國現代文學的營養，森鷗外更身處歐洲國家以體驗西方文明。在如此客觀條件下，坪內逍遙對森鷗外的文學理論筆戰，孰優孰劣，一開始便可以判別。[15]

森鷗外在〈對逍遙子的諸評語〉一文[16]中，針對坪內逍遙的所謂「小說三派」，旁徵博引，遍舉古今中外的事例加以反駁，甚至公開指摘坪內主辦的文學刊物而宣稱：「早稻田文學的沒理想」。[17]

(四)

坪內逍遙的具體貢獻在莎劇的譯介，以及日本現代文學理論的建構，大致情形已如上文。除此以外，坪內長期參與早稻田大學校內行政工作，甚至與創校者大限重信，主要幹部高田早苗多方面合作，共同推動早稻田校務以及日本的藝文活動。也留下了功績。

早稻田大學文學系之創設乃是由坪內逍遙、高田早苗兩人主導的，成立於一八九〇年九月。當時日本設有文學系之學校很少；早稻田尤其率先開設西洋文學課程。在另一方面，又營造出與官學不同的氣氛。作家島村抱月回憶起學生時代的生活：「彼時還是草創期，一切還有濃厚的浪漫氣氛。系裡也洋溢著活潑氣息。甚至有不太本分的學生，對老師不滿意時便發動罷課或加以嬉鬧。……教師和學生兩者都充滿自由奔放的氣氛，宛如亂世出英雄一般的有趣局面——那是如同美夢的浪漫時代。」[18] 此種情形與早稻田大學自創立起，一百餘年來都維持「在野」的政治立場大約是一致的。而早稻田文學系從此也培養出許多作家、文化界人士。

就坪內逍遙在日本文學史上的具體貢獻內容，幸田露伴曾經堅定的指出：

一、日本在十九世紀以前，一般人認爲文學作品乃是俗不可耐的，文學作家根本沒有社會地位，更無法營生。坪內逍遙乃是第一個呼籲大家重視文學，也大方鼓勵文人排除萬難，將文學寫作做爲安身立命的偉大事業。沒有坪內逍遙，很可能就沒有明治維新以後的文學發展。

二、坪內逍遙不僅建構文學理論，也付諸行動參與創作，鼓動風潮。即使有人認爲以「先驅者」稱讚坪內似乎有些過獎，不過，坪內的開創、指導功績應該是不容否定的。

逝世後的坪內逍遙，其業績和遺物當然在他畢生奉獻身心的早稻田大學校內紀念館可以得到相當程度的瞭解：這個具有文化特色的文化館舍也成爲早稻田大學特點之一。

在坪內的故鄉岐阜縣美濃加茂市太田本町也設有「逍遙山椿」紀念室；靜岡縣熱海市水口町

的坪內逍遙舊居目前也開放供人參觀，讓文學愛好者憑弔這一位日本文學史上偉人。

注

1 絹川正巳編：〈早稻田大學・坪內博士紀念演劇博物館五十年のトックス〉，刊登於《新鐘》（二十五期），早稻田大學學生部，一九七七年四月。

2 奧野健男：《日本文學史》（近代から現代へ）二十三～二十四頁。中央公論社，一九七〇年三月。

3 〈平成の文藝復興手探り〉，一九九二年二月一日，《日本經濟新聞》，三十六頁。

4 正宗白鳥：〈坪內逍遙〉，收入《坪內逍遙、二葉亭四迷集》（現代日本文學全集），筑摩書房，一九七五年三月。

5 謝六逸：《日本文學史》，五十四～六十四頁，北新書局，一九二九年九月。

6 參考：1.《坪內逍遙》（新潮日本文學アルバム），新潮社，一九九六年四月。
2.千葉龜雄：《坪內逍遙傳》，改造社，一九三四年十一月。

7 坪內逍遙的筆名有：蓼汀、蓼汀于史、春迺屋、春之屋主人、春之屋朧、逍遙、逍遙遊人、沛雙。參考：巖谷大四：《文壇帖》，十二～十三頁。講談社，一九八六年六月。

8 同注4。

9 中村光夫：《近代の文學と文學者》，一九二頁。朝日新聞社，一九七八年一月。

10 吉田精一：《現代日本文學史》，八～二十頁。筑摩書房，一九六五年十月。

11 參考千葉龜雄：《坪內逍遙》，二六七～二九〇頁。

12 同注 2，二四～二五頁。

13 木村毅：〈『小説神髓』小研究〉，一九二六年五月《早稻田文學》。

14 稻垣達郎：《坪內逍遙集・解題》（明治文學全集、十六），筑摩書房，一九六九年二月。

15 同注 4。

16 森鷗外：〈逍遙子の諸評語〉，收入《森鷗外全集，七》五～十五頁。筑摩書房，一九七一年八月。

17 森鷗外：〈早稻田文學の沒理想〉。同注（16）十五～二十一頁。

18 島村抱月：〈過去の早稻田文科〉原載於一九〇八年十月《文章世界》。轉引自《稿本・早稻田大學百年史》，第一卷，下〈東京專門學校文學科〉，四〇八頁。早稻田大學，一九七四年三月。

軍醫作家——森鷗外

（一）

芥川龍之介在一篇回憶文章中[1]，提到初次看到文豪森鷗外的印象：

恩師夏目漱石的葬儀在青山齋場（殯儀館）舉行，我在大門帳棚簽到處服務。有一位穿著大衣、戴著帽子的悼客遞上名片。此人一表人才，神采奕奕，可是人間社會中少有的相貌。名片上的大名是：森林太郎。喔！原來是大師光臨。當我弄清楚時，大師早已進入室內。

這一年（一九一六年），二十五歲的芥川剛投入夏目漱石門下不久，而五十四歲的森鷗外已從陸軍省醫務局長退任。在文學創作方面，早已卓然成一大家。

森鷗外去世後，日本文學史上重要人物的坪內逍遙更明確的說：「森鷗外的逝世，乃是（日本）文壇無可彌補的重大損失。」[2]

坪內逍遙認爲森鷗外逝世於思想成熟、創作力依然十分旺盛的六十歲，令人惋惜。坪內也讚美森鷗外乃是一位全能文人，漢文、漢詩、和歌、俳句、新詩……無所不能；論文、小說、劇本也都擅長。甚至書法、繪畫、篆刻，若假以時日琢磨，也必然會有一番成就。[3]不僅如此，森鷗外曾留學德國，通曉德文；也因爲青年時期學醫，是文人中少數具有科學思考的例子。[4]

在日本文壇，森鷗外開創了醫生兼小說作家的先例。一八八一年，東京醫學系畢業的森鷗外就任陸軍副軍醫，一八八四年留學德國進修醫學；一八八八年回國後就任陸軍軍醫學校教官，從此一路擔任相關軍職至陸軍醫務局長退役（一九一六年）。另一方面，森鷗外自德國回到日本時，也開始創作與翻譯等文化活動，不曾中斷。多年來，他一直過著日本俗語所說「腳穿兩雙草鞋」（一個人擁有兩種職業）的日子；而且兩種職業都有卓越成就。

森鷗外——這一位日本文壇巨人與台灣也有短暫緣分，原來他曾在日本開始統治台灣初期（一八九五年）擔任「台灣總督府軍醫部長」一個月。而森鷗外長子森於菟更擔任日據時期的「台北帝國大學」醫學系教授長達十一年。

（二）

森鷗外出生於西元一八六二年（日本文久二年）一月。出生地是「石見國鹿足郡津和野」（現在的島根縣津和野町）。父森靜羅、母森峰子，排行老大。本名森林太郎，筆名森鷗外、鷗外漁史、千朵山房主人、鐘禮舍、隱流、夢中人。[5]

一八六八年，明治天皇執政，歷史上稱爲「明治維新」。日本此時結束了六百餘年的幕府統治，重新建構單一的政權，並且從所謂「鎖國」（與各國不相往來）而積極開始學習西洋文化、學術、軍事、科技。與國上下，沸沸揚揚，森鷗外的青少年時代正處於此種大環境的氣氛中。

幼年的森鷗外的勤讀漢學，五歲時學《論語》，六歲學《孟子》，七歲時勤讀《四書》，八歲讀《五經》，同時由父親教導荷蘭文。十歲以前仍在家鄉修習漢學。

學習漢學是有客觀背景條件的。「明治維新」以前，日本貴族、武士以及知識份子都是同時修習日本的「國學」以及中國的基本學術。此外，森鷗外家歷代從事「津和野藩」（封建領地）的「典醫」（漢醫），自然必須學習漢學。

出生於大變化時期的森鷗外，意外的在打好漢學基礎以後，又放洋學習西方文化，使他除了擁有語文優勢之外，在思想、視野、處世各方面也大爲不同。

十歲那一年（一八七二年），隨父親及一名同鄉離開家鄉前往東京，進入「進文學社」學德文。

兩年後（十二歲），考入「東京醫學校」預科；因爲年齡不足，虛報多兩歲，十五歲，進入本科。此時「東京醫學校」和「東京開成學校」合併爲「東京大學」。

森鷗外在十九歲時（一八八一年）畢業；畢業後被派作爲副軍醫。兩年後，奉派留學德國。一八八四年八月二十四日自橫濱搭船啓程，於十月十一日抵達柏林，隨後進入萊比錫大學。

留德的目的是：調查陸軍衛生制度以及研究德國軍隊衛生學。因此，在德國的三年多，除了在大學裡從事研究，也曾參與德國軍隊演習活動及擔任軍職。更因爲森鷗外自小喜歡文史，留德期間閱讀了不少文學作品，對德國社會也加以深入觀察。這些對日後在文學領域的發展有極大的幫助。而當時德國對日本人的善意也使森鷗外獲益良多。

一八八八年，森鷗外結束留學生身分，於七月五日自柏林出發，道經倫敦、巴黎；七月二十九日在馬賽搭船，九月八日抵達橫濱。回國後不久即就任陸軍軍醫學校教官。

翌年（一八八九年），森鷗外開始展開他勇猛的行動力，年初在《讀賣新聞》發表一篇〈小說論〉，這是他活躍於日本文壇之始。這一年也創刊了《shigarami水閘草紙》。軍醫學方面，同一年就創刊了兩種雜誌：《衛生新誌》、《醫學新論》。就在這一年，他和海軍中將赤松則良的長女赤松登志子結婚，但是，不幸於一年後離婚。

第一本譯時《於母影》（面貌）也於一八八九年八月問世。一年後的一八九〇年，先後發表了《舞姬》、《泡沫記》。長子森於菟出生。

一八九一年八月，獲政府頒給醫學博士學位。（一九〇九年，又獲頒文學博士）這一年，森鷗外與文壇的另一名重要人物坪內逍遙展開了激烈筆戰。這便是日本近代文學史上的所謂「沒理想文學主義論戰」。森鷗外在一八九一年十二月號《水閘草紙》刊登了〈早稻田文學之沒理想〉責難坪內逍遙，主宰《早稻田文學》的坪內於一八九二年二月號雜誌上刊登〈敬答烏有先生〉回應。彼此熱烈討論所謂「文學的理想」的定義及價值。

次年的一八九二年，迎接祖母、父母共同生活（住在東京大學附近的本鄉千駄木「千朵山房」），不久又蓋了自宅「觀潮樓」。根據長子森於菟記述，森鷗外常帶著年幼就與母親離別的他在住家附近散步。[6]目前，除了公立的紀念館以外，附近也遺留下許多文學景點。

同一年（一八九二年）出版了《水沫集》，也開始發表翻譯詩《即興詩人》；又應聘至慶應大學教授審美學。

森鷗外以三十一歲青年即擔任陸軍軍醫學校校長（一八九三年）。翌年八月，奉命前往韓國，十月轉往中國擔任「兵站軍醫部長」，這是中日甲午戰爭的那一年。一八九五年五月簽訂馬關條約，割讓台灣。八月，隨台灣總督樺山資紀到台灣擔任「總督府陸軍局軍醫部長」，九月被解職，十月返回東京，再次擔任軍醫學校校長。由於滯留台灣時間短暫，因此，森鷗外的文學作品中似乎沒有出現有關台灣的文字。（他對留德的印象極為深刻，大量反映在各種文學作品中）。

這以後的數年，又相繼創刊文學雜誌《目不醉草》、醫學雜誌《公眾啓事》；也出版了《月草》、《影草》、《審美綱領》。公職方面，先是兼任「近衛師團軍醫部長」（一八九八年），旋又調職至九州擔任「第十二師團軍醫部長」（一八九九年）。

一九〇二年一月，與最高法院法官荒木博臣長女茂子結婚。三月，回東京接任「東京第一師團軍醫部長」。六月，與上田敏等人創刊《藝文》，九月，《即興詩人》出版單行本。十月，創刊《萬年草》。

日俄戰爭爆發的一九〇四年，森鷗外奉命參戰，擔任「第二軍軍醫部長」，前往中國的東北。戰爭結束後的一九〇六年一月返回東京。戰陣中綴寫《詩歌日記》（一九〇七年出版）。

在這前後數年，森鷗外熱中於日本傳統詩（和歌）的創作。先後與賀古鶴所、山縣有朋結成「常磐會」；又和與謝野寬、伊藤左千夫、佐佐木信綱結成「觀潮樓歌會」；也參加西園寺公望主持的「雨聲會」。這些人之中，佐佐木信綱、伊藤左千夫等人是日本傳統詩詩人；山縣有朋、西園寺公望乃是政治界要人。軍職方面，升遷為「陸軍軍醫總監」、「陸軍軍醫局長」。

一九〇八年應聘擔任文部省「假名改革委員會」，反對文部省提出的改革案，與學者大槻文彥、芳賀矢一形成對立，最後，文部省撤回改革案。

雜誌《Subaru》（昴）創刊於一九〇九年一月，森鷗外不斷投稿發表。七月刊登了〈Vita sexualls〉，以露骨的性描寫而遭查禁。這是森鷗外作品唯一被查禁的案例。所幸擔任軍方要職的他只受到警告，而沒有引發更大事端。十一月，自由劇場上演森鷗外翻譯的劇本。

創作力極為旺盛的森鷗外不斷發表短篇小說：〈沉默之塔〉、〈食堂〉、〈妄想〉、〈雁〉、〈灰燼〉。也被聘為「文藝委員會」委員，「美術審查委員會」的第二部門（西畫）主任委員。他眞是一位多才多藝又積極努力的軍醫、文人。

一九一二年七月三十日明治天皇逝世，九月十三日舉行葬儀，是日乃木希典將軍夫婦爲天皇殉死。十月號的《中央公論》發表了森鷗外的第一篇歷史小說〈與津彌五右衛門之遺書〉。內容正是武士爲主公殉死的故事，而且完成於乃木殉死的五天之後。這一篇小說的問世，乃是受到乃木事件的影響自不待言，也刺激了森鷗外接連寫了好幾篇歷史小說：〈大鹽平八郎〉、〈山椒大夫〉、〈寒山拾得〉、〈澀江抽齋〉、〈伊澤蘭軒〉……等。

森鷗外五十四歲時退役（一九一六年）最後職務是陸軍省醫務局長。翌年就任帝室博物館館長，兼任「宮內省圖書頭」（皇室圖書館館長），發表〈都甲太兵衛〉、〈鈴木藤吉郎〉、〈小嶼寶素〉、〈北條霞亭〉……等作品。

一九一八年，擔任「美術審查委員會」第三部門（雕塑）主任委員；翌年九月，就任「帝國美術院」第一任院長。之後，身體狀況不佳。

五十九歲（一九二一年），出版《帝謚考》；也開始撰寫《元號考》。是年，擔任「臨時國語調查會」會長。

森鷗外滿六十歲時（一九二二年），發表了《奈良五十首》。五月，赴奈良招待英國皇太子參觀「正倉院」。六月起身體不適，於七月九日去世；病因是腎萎縮及肺結核。七月十三日葬於弘福寺，後移至三鷹禪林寺，法號：貞獻院殿文穆思齊大居士。[7]

(三)

俗語有所謂「時勢造英雄」的說法。森鷗外正是一個最好的例子。

出生於日本「德川幕府」末期的森鷗外，幼年時，按照舊社會裡漢醫子弟的教育方式而熟讀中國的《四書》、《五經》；少年時代更因時代的變化（明治維新）而開始學習德文。接受了新式醫學教育以後，又有機會前往歐洲留學，從此大開眼界。這一切，在實施「鎖國政策」下的幕府時代是不可能實現的，何況森鷗外老家的位階較低，根本沒有飛黃騰達的機會。

風雲際會，遇上大變革潮流的森鷗外，以他的聰明才智，加以努力不懈；在軍醫職務及醫學研究上卓有成就；在美術素養方面也受到文化界的肯定，就任「帝國美術院」院長。

在文學成就方面，涵蓋的範圍更廣：從中國的哲學、唐詩，到日本歷史、文化、文學；更擴充到德國及歐洲文學。

自歐洲回國不久即投入文學創作的森鷗外，曾在一九〇〇年元旦的《福岡日日新聞》（現在的《西日本新聞》）發表一篇〈鷗外漁史是何方神聖？〉。表明比起同時期文壇的幸田露伴、尾崎紅葉……諸大家，他們幾乎都是專職文人，例外的是二葉亭四迷擔任公務員，坪內逍遙則為大學教師，而唯獨他自己一個人是：「醫生，而且是軍醫！」[8]

森鷗外的此種說法，內心中似乎有些氣憤，也有幾分吊詭。事實上，早在此時（一九〇〇年）之前，他已經開始創作，一八九〇年，也就是他回國兩年後就發表了《舞姬》，並立即奠定他在文壇上的地位。[9] 並且，一九〇〇年以前，在文學評論方面，他也居於龍頭地位。[10]

整體說來，森鷗外的文學創作活動大抵可以區分為三個不同時期：

第一期：創作、評論兼翻譯時期（一八八九～一八九七年）

第二期：小說大量創作期（一九〇九～一九一二年）

第三期：歷史小說寫作時期（一九一二～一九二二年）

率先投入文壇的《舞姬》（一八九〇年），主人翁是一位優秀青年太田豐太郎，公費前往德國留學。在自由空氣中感受西歐的近代化文明，也邂逅了一名年輕貌美的舞者，並產生戀情。但太田背負著日本家庭、社會的期待，痛苦的割捨了這一段沒有結果的愛。

《舞姬》的故事乃是森鷗外本身的投影。森鷗外蓄積了漢文精華，又吸收德國語文特色，獨創了自己的文體。何況故事中的歐洲景象乃是日本青年所憧憬的。《舞姬》一炮而紅，實在是作者擁有得天獨厚的條件[11]。稍後發表的《即興詩人》以義大利為背景，故事多采多姿，澎湃起伏，文字曼妙，也使讀者如醉如癡。

有關漢文、德文的基礎，從森鷗外的譯詩〈盜俠行〉可以大致瞭解。原文是德國小說作家Wilhelm Hauff的Die Karawane（商隊），譯文完成於森鷗外大學畢業前後的一八八一年。以下摘錄一部分譯文：

平砂接天日如燬、馬蹄變蹀塵煙起、極目濛濛不見人、唯有鈴聲遙入耳；煙風一陣拂地吹、刀槍瑩煌拭目視、駱駝背是隊商舟、涉砂匹似涉海水。忽見一騎逦旅群、鳳眼龍髯跨騄駬、軀幹魁梧姿絕倫、威風知是雄偉士；守兵膽落心惶惶、欲戰亦唯眾是恃、騎士笑道忽驚疑、單身劫群非可企。請問商旅主為誰、一謁欲敢告終始、頃刻太陽在中天、一簇帳幕張綠綺，守兵導客入帳帷。……

森鷗外的漢詩作品約有六十首。

中期小說之一的《半日》刊登於《Subaru》第三期。故事內容是一家之主，處於婆媳不合的混亂日子中，過著痛苦的日子。

這一篇小說乃是森鷗外轉型的最早作品，其背後又是因爲受到多產的夏目漱石的刺激而執筆的。接著又發表了：〈雞〉、〈青年〉、〈雁〉……等作品。

後期作品以歷史小說爲主，故事內容取材於日本歷史及中國歷史。

《與津彌五右衛門之遺書》描述武士與津彌五右衛門奉主公之命，與橫田清兵衛出外辦事，中途與橫田意見不合而將他錯殺。主公細川忠興去世後，在主公墓前殉死。接下來的《阿部一族》（一九一三年發表）又是一段殉死故事，但更加曲折複雜。描寫武士阿部彌一右衛門與主公細川忠利的故事。整個故事圍繞著阿部與主公相處的微妙關係中，最後阿部終於殉死，阿部家人反而受到責備，也可能遭受處罰。阿部家人在極度失望中尋求自我了斷。武士時代階級分明，人人必須固守忠義。森鷗外透過生花妙筆，點出那個時代的淒愴和無奈。

另外有兩篇小說：《魚玄機》、《寒山拾得》，故事取材自中國，這是大家比較熟悉的。

（四）

出生、成長於日本急遽變革時期的森鷗外，在軍醫及文人兩種身分上都獨樹一幟、卓然有成的，似乎還沒有第二人。

熟讀漢文、鍛鍊日文，青年時代已熟悉德文；隨後又在歐洲生活三年的森鷗外，集合了太多優越條件於一身，終於放射出超人的光與熱。

森鷗外的第一篇小說《舞姬》出現，已使日本讀者大開眼界。其筆觸簡潔，文字優美，而格調不凡。後期的歷史小說更有蒼勁雄渾的特徵，這幾乎是獨步日本文壇的創舉。[12]

自歐洲回到日本，在繁忙的軍醫職務中，也大量創作的森鷗外，他的《即興詩人》等，不僅是「雅文小說」[13]，更是一種「簡勁靈活而散發芬芳」（佐藤春夫語）的範文[14]。他的早期作品直接影響了島崎藤村、與謝野晶子、樋口一葉。

在森鷗外的深層思考中，他更希望透過認識西洋文明的反思，去探索如何擺脫日本既有封建思想，重新建構眞、善、美以及道德和科學精神。[15]

翻譯也是森鷗外一項主要成就。森鷗外巧妙的運用軍醫工作中的空檔，駕馭嫻熟幹練的語文，塡補思考空檔，也滿足他的文學寫作慾望。其譯文也建立了日文文體的典範。[16]

晚期的歷史小說更抒發了前人未曾有的銳利精神。《阿部一族》、《高瀨舟》等作品，不僅讓讀者重溫史實，字裡行間更不斷提出生死觀、價值觀的重大問題。一九二〇年前後，《高瀨舟》在美國推出英譯本時，即獲得極高的評價。[17]

與森鷗外打過筆戰的坪內逍遙，在森鷗外去世後如此評價：「森鷗外是學者型紳士，同時又是紳士型作家。爲人正直、做事嚴謹、高瞻遠矚、充滿自信；因此，帶有霸氣，而且精力卓絕。我倆雖非摯友，我自認爲十分瞭解他。」[18]

此外，森鷗外對日本的巨大貢獻，就是與坪內逍遙、夏目漱石等人，將西洋文明移植過來，促進明治維新的成功。[19]這一點是不容忽視的。

森鷗外去世八十餘年的今天，他的《全集》（岩波書店、筑摩書房兩種版本）依然熱賣。各種單行本隨處可得，更不在話下。

出生地的島根縣津和野和居住最久的東京文京區本鄉各有一個大型紀念館，日本全國更組成一個「森鷗外紀念會」，從事各種研究活動。東京大學附近一帶更散布許多景點，供人沉思憑弔。

日本人之熱中於文學、文化，乃是亞洲國家中的唯一國度。早在一九四六年，留美的梁實秋曾語重心長的說：「我們儘管藉助西洋文學的思想，倣效西洋文學的藝術，但是新文學的建設仍有賴於我們自己的創造。」[20]這一段話頗值得我們深入省思。

注

1 轉引景山直治：《鷗外文學入門》，二〇三頁。古川書房，一九八〇年三月。
2 坪內逍遙：〈森鷗外君を憶ふ〉，登載於《鷗外全集・月報》，第一卷，一九七一年十一月，岩波書店。
3 同注2。
4 中村光夫：《近代の文學と文學者》，二〇四頁。朝日新聞社，一九七八年一月。
5 參考竹盛天雄《森鷗外》（新潮日本文學アルバム）（略年譜），新潮社，一九八五年二月。
6 森於菟：〈父鷗外散步〉，收入《阿部一族、雁、高瀨舟》〈旺文社文庫〉，旺文社，一九六五年九月。
7 同注1，一二四～一二七頁。
8 森鷗外：〈鷗外漁史とは誰ぞ〉。一九〇〇年一月一日，《福岡日日新聞》。
9 奧野健男：《日本文學史》，三十六頁。中央公論社，一九七〇年三月。
10 吉田精一：《現代日本文學史》，七十六頁。筑摩書房，一九六五年十月。
11 同注9三十五～三十七頁。
12 成瀨正勝：〈解說〉。《阿部一族、雁、高瀨舟》（旺文社文庫），二〇五～二〇七頁。旺文社，一九六五年九月。

13 唐木順三：〈解說〉，收入《森鷗外集》（二）〈現代日本文學全集〉四二七頁，筑摩書房，一九七五年三月。
14 同注13四二六頁。
15 同注12二〇四頁。
16 目夏耿之介：〈翻譯文學の獅子座〉，收入《鷗外全集・月報》（第二卷），岩波書店，一九七一年十二月。
17 江口渙：〈阿部一族、雁、高瀨舟の思い出〉，收入《阿部一族、雁、高瀨舟》（旺文社文庫），旺文社，一九六五年九月。
18 同注2。
19 同注4二〇八頁。
20 梁實秋：〈現代文學論〉，收入《偏見集》，大林出版社，民國五十八年七月。

完美文人——夏目漱石

（一）

二次大戰後，日本政治思潮起了重大變化；紙幣人頭像率先採用文化界人物。第一批人頭像是：福澤諭吉、新渡戶稻造、夏目漱石；第二批則爲：福澤諭吉、樋口一葉、野口英世。

在這兩批名單中，夏目漱石、樋口一葉兩人是文學作家。也就是說，夏目漱石乃是第一個出現在日本紙幣的作家；偏偏夏目漱石畢生厭惡金錢主義[1]。夏目若地下有知，是不是有些哭笑不得。

夏目漱石之所以登上了紙幣，是有其客觀原因的，這不僅僅是夏目的文學作品獨樹一幟；更因爲包含夏目漱石在內的同一時期文學作品促成明治維新（一八六八年）以後，日本全國人民的階級統一，文學作品平民化[2]；如此巨大貢獻是難以評估的。何況諾貝爾文學獎作家大江健三郎也肯定的說：「夏目漱石是日本近代、現代文學界第一人。」[3]

塑造、完成夏目漱石成爲一代文豪的背後因素，包含中國漢學、禪學、日本傳統詩（短歌、俳句）以及吸取英國文學的精華……等揉合而成。[4]也就是說夏目漱石不僅舊學底蘊豐富，實際上他與同時期的森鷗外（留學德國）、島崎藤村（留學法國）……等人成爲傳播西洋文學的先驅。[5]

值得注意的是，在夏目漱石以及森鷗外、坪內逍遙、北村透谷……等人的影響下，日本文學發展，從明治時期（一八六八至一九一二年）而大正時期（一九一二至一九二六年），甚至後來的昭和時期，呈現了百花齊放、人才輩出的欣欣向榮景象。其中的重大動力，也直接對今日文壇產生催化作用。

（二）

夏目漱石本名夏目金之助，一八六七年出生於江戶（東京）牛烯場下橫町（現在的新宿區喜久井町）。父夏目小兵衛直克，母千枝。在男孩中排行第五。自二十二歲（一八八九年）起改用筆名「夏目漱石」。[6]

出生後的夏目漱石先被送到四谷一個商店家做養子；後來又被送到鹽原昌之助家，背後原因一為家貧，一為生母無法哺育。七歲時才得以回到生父母處。

幼年的夏目漱石進入現代的小學（戶田學校下等小學、市谷學校下等學校）；一八七八年進入東京第一中學。[7]

一八八四年（十七歲），進入大學預科，二十一歲進第一高等學校本科[8]。翌年開始使用「漱石」筆名，即採用中國古典「漱石枕流」之字義。

這一年（一八八九年）認識了正岡子規[9]，之後啓發夏目漱石在傳統詩創作方面的發展。

一八九〇年進入帝國大學（現在的東京大學）英文系就讀。一八九二年在學中擔任東京專門學校（後來的早稻田大學）兼任教師，一八九三年大學畢業，就任東京高等師範學校（後來改制爲東京教育大學、筑波大學）英語教師。

一八九四年，疑患肺病而努力療養。年底曾至古都鎌倉圓覺寺[10]參禪。翌年（二十八歲）辭去東京高等師範教職，改任四國松山中學教師。在此前後，開始塡寫「俳句」。[11]

又一年後，離開松山，改任九州熊本第五高等學校講師。這一年（一八九六年）與中根鏡子結婚。夏目漱石的婚姻生活頗多曲折，加以自青少年起，不斷罹患各種疾病；然而，這些似乎沒有對作家的強烈創作意志造成負面影響。

一八九七年七月，夫妻返回東京，妻子一度流產。九月再赴熊本。翌年（一八九八年）開始塡寫漢詩（唐詩）；也開始在《杜鵑》雜誌上發表文章。

一八九九年，長女筆子出生。這一年中數次在九州各地旅行。

一九〇〇年（三十三歲），獲公費留學英國。七月離開熊本，九月自橫濱起程，十月抵巴黎，參觀萬國博覽會，十月底到達倫敦。留學期間除學習本行的英國文學以外，也至英國各地旅行，參觀古蹟、美術館……等[12]。其作品就有一篇〈倫敦塔〉。

夏目漱石的留學經驗結束於一九〇二年十二月，並於次年（一九〇三年）一月搭船抵神戶，再輾轉回東京。四月，辭去熊本教職，改任第一高等學校（東京）教授，並兼任東京帝國大學（二次大戰改名東京大學）文學院講師。教學之同時，在《杜鵑》等發表短文，這一年也因爲神經衰弱與妻子分居。

到了一九〇四年，作家夏目漱石進入旺盛創作時期。寫作範圍包含英國文學論文、翻譯文字，以及與詩人高濱虛子[13]合作的長篇俳體詩。這一年，他的傳世作品《我是貓》開始執筆。

翌年的一九〇五年一月，《杜鵑》雜誌發表了《我是貓》的一部分，文名大噪，並於七月連載到第五篇。原在東京帝國大學講授的「文學論」告一段落，九月改授「十八世紀英國文學」。同一年，發表了〈一夜〉、〈薤露行〉。值得注意的是，這時候開始，寺田寅彥、鈴木三重吉、野上豐一郎、中川芳太郎、小宮豐隆、橋口五葉、野間眞綱……等年輕文人開始在夏目家出入，成爲夏目漱石的門下生。

一九〇六年，《我是貓》陸續刊登，於十一月出版（大倉書店）。同一年的九月發表了《草枕》，十二月出版了《鶉籠》。

到了一九〇七年（四十歲），夏目漱石辭去所有專任、兼任教職，進入朝日新聞社成爲專屬作家。因爲報社提供薪水，讓他有充裕的寫作時間。日本作家從明治時代的業餘寫作，逐漸轉型到專業創作，曾經歷數十年，二次大戰後，終於奠定了大量專業作家的基礎。夏目是專職寫作的代表人物。這一年五月出版了《我是貓》下篇；十月二十九日開始在《朝日新聞》連載《虞美人草》。秋天起，學習日本傳統的「謠曲」。此時，夏目漱石享有名聲，因此訂定會客時間限定在每週星期四。

在步入專業寫作過程中，一九〇八年《坑夫》自一月起，至四月截止連載於《朝日新聞》。二月，由朝日新聞社主辦公開演講，請夏目講「創作家的態度」。七、八月間又在《朝日新聞》連載《夢十夜》。九月起連載《三四郎》。同年《草枕》正式出版。此一時期，發表園地以《朝日新聞》爲主，與之前大多發表在《杜鵑》有別。翌年（一九〇九年）撰寫〈永日小品〉系列，分別發表於東京及大阪的《朝日新聞》。《文學評論》及《三四郎》也接連出版。六月至十月，又連載《其後》。九月間，接受「滿鐵公司」總裁中村是公邀請赴中國滿州（東北）考察旅行。十月起，在《朝日新聞》連載〈滿韓各地〉。

第二年（一九一〇年）作品《門》在《朝日新聞》連載三個半月。這一年兩次因病人醫院治療。一九一一年二月，婉謝文部省的「博士號」。也有短篇散文在各媒體發表。六月，赴長野演講，歸途順道旅遊高田、松本、諏訪等地。八月，赴明石、和歌山、堺、大阪各地演講。在大阪時以胃潰瘍而住院。

一九一二年，《到彼岸》自一月起在《朝日新聞》連載四個月。八月，赴鹽原、日光、輕井澤、上林溫泉、赤倉等地旅遊。是年九月起，開始練習畫水彩畫以及書法。次年（一九一三年）接連患神經衰弱及胃潰瘍。

代表作之一的《心》發表於一九一四年四月二十日到八月十一日，在《朝日新聞》連載，後來由岩波書店出版，成爲岩波書店創業出版作品。一九一五年先後在《朝日新聞》連載《玻璃門之中》（一至二月）、《道草》（六至九月）。年底，芥川龍之介、久米正雄拜夏目漱石爲師。

夏目漱石去世於一九一六年十二月九日，享年四十九。這一年，因神經疾病、糖尿病、胃潰瘍而數次住院；除了短篇作品以外，五月起至十二月止，在《朝日新聞》連載了《明暗》。

作家大約死於胃潰瘍引起的大量內出血。一九一六年十二月十二日在「青山齋場」舉行告別式，葬於東京雜司谷，依日本習俗，去世後取佛教法號「文獻院古道漱石居士」。

（三）

自青年時代起，一直被神經衰弱、胃潰瘍等疾病所困擾，並因此以四十九歲盛年辭世的夏目漱石，留下的文學作品已足夠建構獨白的自然文學體系[14]，成爲近代日本的代表性作家。

就寫作生活而言，一九〇七年是一道分界限。因爲這一年夏目漱石進入《朝日新聞》，成爲專業寫作者，他一生的代表作大部分先在報上連載，然後再出版單行本。

夏目漱口的成功，來自於融合詩（俳句）、文的圓融技巧，加以借助於英國人的幽默、閑雅、清新的筆觸[15]；形成獨自風格的文體。此外，小說故事大量取材於庶民之間，[16]更加能引起廣大讀者的共鳴。這正是夏目漱石建立崇高文學地位的多數客觀因素。評論家小林秀雄指出：

小說的眞正樂趣，其最深處乃是活於他人生命中的一種憧憬；這也是最通俗的人情之常。[17]

在小說作品中，夏目漱石的代表作有所謂「前期三作」及「後期三作」。「前期三作」是：《三四郎》（一九〇八年）、《其後》（一九〇九年）、《門》（一九一〇年）。「後期三作品」是：《到彼岸》（一九一二年）、《行人》（一九一二至一九一三年）、《心》（一九一四年）。

自《三四郎》起，夏目漱石開始架構自然主義文學體系，而且《三四郎》還是他的最佳傑作。[18]

《三四郎》男主角是來自九州熊本的鄉村青年小川三四郎，東京的大學生，無意間邂逅了里見美彌子而產生愛慕。透過同鄉學長野野宮宗八、同窗佐木眞次郎、高中老師廣田先生等人的存在而對照的描繪三四郎內心世界及腦海中的煩惱。是一部「心理小說」。[19]

「自然主義」作家之一的夏目漱石，透過前期三作的《三四郎》而移植了西洋文學發生於一八八〇年前後的自然主義思想，將自由意志、善惡思想等，藉由日本式人物表達出來。[20]正如同丸谷才一所指出的，夏目的作品：「在西洋文學理論架構中，讓小說中的人物自由呼吸。」[21]

接下來的《其後》主角是長井代助。長井代助對當時社會上許多人內心勾心鬥角，卻又以笑臉相向不能苟同，認爲這是「二十世紀的人生墮落」。長井自己拘泥於此種觀點而寧可放棄就業，安心做一個「高等遊民」。

反社會，卻也堅持一己之見的長井代助陷入男女情愛的泥沼之中，居然選擇了與有夫之婦三千代同居，而無視於親友的卑視。

第三作的《門》基本是銜接《其後》的。書中描寫一對不正常結合的夫妻，在現實生活中產生了各種錯綜複雜的人間瑣事。

這一系列的三部作，共同串連著：個人、夫婦、家庭以及社會生活的討論主題。在優美的文筆下，隱藏著英國式幽默[22]，夏目漱石揭櫫「道義上的個人主義」，並指出背後對傳統儒家論理……等等。以時代背景而言，夏目還是一位孤高的文學創作者。[23]

前三作完成後的一九一〇年八月，預定前往修善寺溫泉地療養，不意在當地大病，生命危在旦夕。所幸返回東京以後，病情趨於穩定。但這次大病使夏目漱石的人生觀也稍有改變。

後三作之一的《到彼岸》主角是表妹千代子，夏目筆觸與一般風花雪月大爲不同，主軸在在透露了人世間的孤獨與無奈。

《行人》乃是「旅行者」的意思。在這一部作品中，夏目漱石訴求人生有如旅行；人們想在旅途中尋找人生眞正目標，則如同緣木求魚。小說主角的長野一郎，身爲一個知識階級，卻又不能擺脫妻、弟不當關係帶來的困擾。

第三作的《心》也是夏目漱石的最佳代表作。作者透過書中主人公的處境，充分表露人世間的善惡、眞假，也對婚姻、家庭下了自己的詮釋。這是夏目漱石文學的總結，刻畫深入、擲地有聲。

一九一五年，夏目漱石完成了《道草》。這是一本自傳體小說，意外的，簡直是作家夏目漱石自己做了人生總結一般，翌年（一九一六年）的《明暗》竟未及完成而逝世。

(四)

與明治維新同一時代出生，成長的夏目漱石，幼年飽習漢學，青壯年時期遠赴英國吸收西方思想，能詩、能文、能畫。一生飽嘗神經衰弱、胃腸病、糖尿病的困擾，卻也十分有條理的創出一系列傳世之作。他在日本文學史上的地位是無庸置疑的[24]。室生犀星的評價是：「漱石乃是一位完美、渾一的文豪，具備一切文人的條件與典型。」[25]

夏目漱石受到北村透谷、高濱虛子的重大影響，卻又啓發後來的芥川龍之介等人。[26]在轉型期的日本，夏目漱石不僅建構了獨自文學理論[27]，訴求在自然世界中尋求低迴吟味的趣味，[28]自己也寫出一系列印證文學理論的鉅著。

另一方面，他由兼職作家，獲「朝日新聞社」賞識而成爲專職作家，收入大增，甚至還接濟了創業當時的「岩波書店」。[29]如此轉型，變化到二次大戰後，小說作家成爲全日本文化、藝術、演藝界的最高所得行業，並擁有獨特社會地位。

逝世後的夏目漱石作品，其文集、單行本、全集依然廣爲日本讀者所愛。如今還有「岩波書店」、「新潮社」、「角川書店」等多家出版社不斷發行夏目的作品。

作家夏目漱口留下的手蹟、遺稿、初版本……等相關史料，除了東京的「近代文學館」典藏許多資料以外，「熊本近代文學館」、「東北大學圖書館」、「博物館明治村」、（九州、阿蘇市）「漱石紀念館」[30]……等都有夏目漱石的相關史料展示，甚至連英國也有「倫敦漱石紀念館」。[31]

日本在社會鉅變中誕生了夏目漱石；夏目漱石留下了大批文化、文學財產，迄今依然滲透到民間，對日本文化發展的貢獻可謂無可限量。

注

1 島內景二：〈評傳、夏目漱石〉。收入《文豪NAVI、夏目漱石》一二六頁。新潮社，二〇〇四年十一月。

2 中村光夫：《近代の文學と文學者》，一四〇頁。朝日新聞社，一九七八年一月。

3 大江健三郎：〈「新しい人」について〉，收入《鎖國してはならない》八〇頁。講談社（文庫），二〇〇四年十二月。

4 崔萬秋（一戶務譯）：〈中國譯「草枕」の序〉，收入《漱石全集・月報》第十三號。一九三六年十一月，《第三卷》附刊，岩波書店。

5 有關夏目漱石的英國留學體驗，江藤淳認為，對照森鷗外的留學成就，「夏目漱石的英國留學徹底失敗」。見江藤淳：〈夏目漱石〉，刊登於《太陽》（一九七四年六月），四十六頁。平凡社。

6 「漱石」兩字，取自《世說新語・排調第二十五》：孫子荊年少時欲隱，語王武子曰：「當枕石漱流。」誤曰：「漱石枕流」。王曰：「流非可枕，石非可漱。」孫曰：「所以枕流，欲洗其耳；所以漱石，欲礪其齒！」

7 夏目鏡子述，松岡讓筆錄：《漱石思出》六六～七〇頁。一九二八年十一月，改造社。

8 二次大戰前，日本學習德國學制，高中四年畢業，進入預科一年，再升上大學本科。

9 正岡子規（一八六七～一九〇二年）。明治時期重要詩人。對日本傳統俳句、短歌改革具有重大貢獻。

10 鎌倉圓覺寺創立於西元一二二八年（元世祖至元十九年），開山為中國禪僧無學祖元。

11 「俳句」乃日本傳統詩，音節為五、七、五。

12 岩村忍：〈大英博物館日本人——南方熊楠、孫文、夏目漱石〉，收入《大英博物館》，一六三～一六六頁。講談社，一九七七年。

13 高濱虛子（一八七四～一九五九年），在一片革新聲中，主張回歸傳統的重要俳句詩人。

14 奧野健男：《日本文學史——近代から現代へ》六〇～六二頁。中央公論新社，二〇〇二年六月。

15 謝六逸：《日本文學史》，八六～八九頁。北新書局，一九二九年七月。

16 《大正文學アルバム》（新潮日本文學アルバム，別卷2），一八五頁。（紅野敏郎執筆），新潮社，一九八六年十一月。

17 小林秀雄：〈長篇小説について〉，《小林秀雄全集》，第三卷，一六七頁。新潮社，一九五六年八月。

18 丸谷才一認為：「一九〇七年四月辭去所有職務，進入朝日新聞社以前，完成三部長篇小說：《虞美人草》、《坑夫》、《三四郎》。其中以《三四郎》是最為傑出。在夏目漱石全部作品中也算最正統的作品。丸谷才一：（夏目漱名——人と文學），收入《それから》，

〈解說〉，角川書店，一九五三年十月初版，一九九二年六月改版。
19 同注15，八十九頁。
20 同注 2，七八～七九頁。
21 同注18，三一三頁。
22 吉田精一：《現代日本文學史》七四～七五頁。筑摩書房，一九六五年十月。
23 瀨沼茂樹：〈自然主義文學における「家」〉，收入《近代文學入門》〈近代文學鑑賞講座25〉一四〇～一四五頁，角川書店，一九六〇年五月。
24 同注 2，七八頁。
25 室生犀星編：《芥川龍之介讀本》，八頁。三笠書房，一九三六年三月。
26 同注25，八頁。
27 教書期間的講義，後來整理出《文學論》（一九〇七年）、《文學評論》（一九〇九年）、《現代日本の開化》（一九一一年）、《私の個人主義》（一九一四年）……等論著。
28 同注15，八七頁。
29 同注 7，三八八～三九二頁。
30 參考，（日本）全國文學館協識會編：《全國文學館ガイド》，小學館，二〇〇五年八月。
31 參考，小松健一：《文學館抒情の旅》。京都書院，一九九八年六月。

山中明星——島崎藤村

（一）

一般人對於日本現代化的「明治維新」，大致體認到政治、經濟、基礎建設……等方面的巨大改變；事實上，在文化層面——特別是文學發展方面，也是另一項重大改革運動。

起源於西元一八六八年（明治元年）的「明治維新」，推翻二百餘年的「鎖國」政策，全面性開放吸收西洋文化及科學技術。於是全國上下，風起雲湧、如飢似渴的學習英、法、德等國的理、工、農、醫，以及文學藝術。短短三十年之間，呈現了來自西方的寫實主義、浪漫主義、自然主義……等文學流派。[1]

在此前後，文學作家已如暗夜繁星，閃耀於天際。居於前輩地位的：坪內逍遙、森鷗外、二葉亭四迷；稍後的：泉鏡花、德田秋聲、國木田獨步、永井荷風、高濱虛子；接下來的是：夏目漱石、田山花袋、正宗白鳥、鈴木三重吉、小川未明、田村俊子……等，簡直數不勝數。[2]

在如此眾多繁星之中，有一顆明亮的星星出生於本州長野縣（現改為岐阜縣）一處深山的村子裡。剛開始，他創作新詩。在現代文學史上，「毫無疑問的，他是（日本）新詩的代表性詩人。」[3]接下來，他寫了長篇小說《破戒》，又震撼了文壇。島村抱月指出：「這確是我國（日本）文壇近來的新發現；對於此作，我以爲是小說達到了最新的迴轉期。歐洲近世自然派含有問題的作品，其中所流傳著的生命，因有此作，在我國（日本）創作界才有對等的發現。」[4]

這一顆山中的明亮星星便是島崎藤村。

（二）

島崎藤村誕生於西元一八七二年（日本明治五年），是家中七個孩子的老么。原名島崎春樹。

老家是「中仙道」[5]山區木曾街道馬籠宿的低階武士，由於幕府時代結束，失去世襲俸祿，家境衰落。

六歲時進入神學校就讀，一方面由父親教授中國的《孝經》、《論語》、福澤諭吉的《勸學篇》……等。後來又研讀《詩經》、《左傳》諸書，奠定了島崎藤村的漢學基礎。

一八八一年（九歲）隨長兄赴東京，寄住姊夫家，轉入泰明小學就讀。翌年，因姊夫家遷離，輾轉寄宿姊夫之親戚家。一八八三年，寄宿吉村忠道家，受到親切的照顧，也從吉村忠道的伯父研習漢學。

一八八六年（十四歲）進入三田英學校（英語學校），不久，轉入共立學校（後改名開成中學）。次年，進入教會學校明治學院普通學部。一八八八年六月受洗成爲教徒。這使島崎在漢學之外，又打下了英文基礎。

十九歲那一年，畢業於明治學院。在吉村忠道的商店（橫濱）幫忙。翌年（一八九二年），擔任明治女學校（中學）教師，並開始在《女學雜誌》發表作品。

島崎藤村擔任中學教師一年後辭去教職，一八九三年，前往東北、關西各地旅行，於十月返回東京。此時，島崎藤村參與《文學界》[6]創刊，這日後對他的寫作生涯產生極大影響。

一八九四年（二十二歲），再度就任明治女學校教師，五月十六日，北村透谷自殺，使島崎藤村深受打擊。這一年，認識了女作家樋口一葉。次年（一八九五年）年底辭去明治女學校教職。

二十四歲那一年（一八九六年）九月，赴仙台就任東北學院教師。在仙台的一年（翌年七月辭職）發生了左右島崎藤村文學生涯的重要體驗。其一，他意外發現該校的豐富藏書而大量閱讀；其二，在此地與文人佐藤紅綠、土井晚翠認識，擴充了文學視野。第三，島崎在仙台確立了自己新詩的寫作風格。他說：

> 彼時，詩的領域十分狹隘而呆板。我心目中的詩歌似乎遠在天邊。總之，設法擺脫舊框框，盡量發抒內心的感受。——心靈寄託的宮城原野／燥熱慌亂的耳朵裡／日影暗淡青草枯／這

荒野正是我心深處。——我生活的曙光開啓於此。[7]

此時，開始在《文學界》發表新詩。陸續撰寫的詩篇於一八九七年集成《若菜集》[8]；過了一年（一八九八年）又出版《一葉舟》；同年投考東京音樂學校就讀「選修科」。

二十七歲（一八九九年），前往信州（長野縣）小諸義塾就任國文教師；這是島崎由新詩創作改爲散文作品的契機；後來（一九一二年）出版的散文集《千曲川素描》便是此一時期的作品。到信州的同時，與北海道商家秦慶治次女冬子結婚。一九〇一年出版《落梅集》。一九〇四年，將詩篇集結成《藤村詩集》出版。

一九〇六年，小說《破戒》出版。此書雖然是島崎的小說第一作，卻震驚了文壇。完成《破戒》的前一年，島崎已辭去信州教職，帶著妻小來到東京，爲了籌措出版費用及生活費，由岳父秦慶治及好友神津猛支助四百元，讓他渡過難關。

值得吾人注意的是，一百餘年來，早期的日本文學作家艱難的渡過艱澀歲月，逐步開創了戰後令人欣羡的文化大環境；島崎藤村當然也是披荊斬棘、奠定根基者之一。

一九〇八年，小說《春》在《朝日新聞》連載；另一篇小說《家》則於一九一〇年在《讀賣新聞》連載[9]。同年（一九一〇年）夫人冬子去世。

一九一三年三月起至一九一六年四月，前往法國旅行及遊學。這段期間遭遇世界第一次大戰；島崎在巴黎撰寫的《和平的巴黎》、《戰爭與巴黎》（均在《朝日新聞》刊登）相繼出版。回程繞道英國倫敦返回日本。

回國後的翌年（一九一七年）擔任早稻田大學、慶應大學法國文學講師。小說《新生》於一九一八年五月在《朝日新聞》連載，並於一九一九年年底出版。

一九二一年，友人在東京上野精養軒祝賀島崎五十歲生日。次年（一九二二年）一月開始結集作品刊行《藤村全集》[10]。同一年（一九二二年）夫人冬子遷葬於老家馬籠永昌寺。

島崎藤村於一九二三年一月罹輕度腦溢血。同年九月東京一帶發生了「關東大地震」，所幸沒有太大災害。次年（一九二四年），購買老家馬籠附近土地，此後一再返回故鄉探訪。

一九二七年，收入較為豐富，生活大為改善。一九二八年與加藤靜子再婚，由於性格問題，加藤靜子與島崎子女及家人互動不佳。一九二九年，《黎明前》在《中央公論》刊登。

島崎的《破戒》於一九三一年在莫斯科出版俄文譯本；《黎明前》在一九三二年繼續連載於《中央公論》。第一部、第二部的《黎明前》在一九三五年出版。這一年，六十三歲的島崎藤村就任「日本筆會」會長。

一九三六年七月，赴阿根廷出席「世界筆會」大會。會後繞道美國、法國，於一九三七年一月返回日本。翌年十月，罹患腎臟萎縮症。這一年，獲提名為「帝國藝術院會員」，但島崎藤村謙辭。

一九四〇年出版童話集《力餅》等書，並接受「帝國藝術院會員」。翌年，遷居神奈川縣大磯的租屋，並於一年後買下宅第。大磯成為島崎晚年的住宅地。

戰況吃緊的一九四二年六月，就任「日本文學報國會名譽會員」；十一月出席「第一屆大東亞文學者會議」。

翌年（一九四三年）一月，在《中央公論》連載《東方之門》，八月二十二日，因腦溢血去世於大磯自宅。《東方之門》未及完成。

一代文人葬於大磯地福寺，遺髮則葬於故鄉馬籠永昌寺。法號「文樹院靜屋藤村居士」。[11]

（三）

島崎藤村文學一方面與明治維新的時代背景（西化、社會改革）相吻合；另一方面，其文學架構也密切與他出生於地方上頗有地位的家世結合；加以島崎多愁善感以及複雜的異性關係……等，他一生的作品都被這些錯綜曲折的因素牽絆著。而另一個客觀條件是：島崎唸的是教會學校，也正式受洗成為教徒。宗教信仰是島崎作品動力中重要的一部分。

木村增一的《島崎藤村》[12]中，將島崎的生活分割成八個時期：

第一期——一八七二至一八九一年（一至二十歲），幼年、少年及學習時期。
第二期——一八九二至一八九六年（二十一至二十五歲），文學萌芽時期。
第三期——一八九七至一八九九年（二十六至二十八歲），浪漫主義，詩篇創作時期。
第四期——一九〇〇至一九〇三年（二十九至三十二歲），現實主義過渡時期，創作活動由
　　詩歌轉向散文、小說。
第五期——一九〇四至一九一二年（三十三至四十一歲），自然主義時期。
第六期——一九一三至一九一六年（四十二至四十五歲），諸國外遊之轉型時期。
第七期——一九一七至一九二二年（四十六至五十一歲），新自然主義時期。
第八期——現實型理想主義時期（又分前、後期）
　　前期——一九二三至一九三五年（五十二至六十四歲）
　　後期——一九三六至一九四二年（六十五至七十一歲）

他就是說，島崎藤村的文學生涯由詩歌、散文而發展到小說。

《若菜集》是島崎藤村向世人宣告立志成爲文人的第一聲。同時，《若菜集》也是「日本揭開抒情詩序幕的第一作。」[13]

你那飄逸的髮絲／當我望見蘋果花蕊時／宛如插在你頭上／的那一把髮櫛

舊學根柢深厚的青年島崎藤村，蓄積了深山優美的能源，又吸收了西方思想，藉由自由的新詩體散播無比的熱情，開創了日本新詩的嶄新局面。

在《若菜集》之後，又完成了《一葉舟》、《夏草》、《落梅集》等，奠定了他的詩人地位。

相對旅居仙台時期的熱心於詩篇的創作；島崎藤村在信州小諸（附近是日本避暑勝地輕井澤）斷斷續續的寫下大量散文。其代表作便是後來成集的《千曲川素描》。

作家島崎藤村的轉型具有兩大意義。其一是透過散文創作期的沉潛思考，進而步入小說創作。其二是，經由詩、散文的文字技巧磨練，形成小說描寫的成熟、洗練。[14]

到了《破戒》問世（一九〇六年），島崎藤村向世人宣示了身為小說作家的地位。

《破戒》中的主角是瀨川丑松，在山村中擔任小學教師。丑松出身於沒有公民權的悲慘家庭（所謂「部落民」），父親鄭重告誡他，任何情況下都不准公開身分；而丑松卻違背父親的勸告而暴露了秘密。丑松在充滿恐懼、不平與矛盾中過世。

在島崎一炮而紅的鉅著《破戒》中，人們已聞出這一位寫實派自然主義作家的基本風格；後來出版的《春》、《家》、《新生》都沿著同一路向表達了島崎的基本精神。雖然後人也有對

《春》以下作品做了不同評價。[15]

文學評論家奧野健男認爲，《破戒》乃是在《罪與罰》（杜思妥也夫斯基，一八六六年）的影響下架構起來的[16]。可是，這同時也是島崎藤村在日本仙台、信州等地深入鄉村底層，沉潛將近十年成形的思想。[17]另一個重要因素是：島崎出身世家，但是對底曾民眾寄予深深的同情。

另一部小說《黎明前》完成於一九三五年，屬於島崎的晚年作品。書中兩個主角是低階武士子弟青山半藏以及青山的老師儒學家兼中醫宮川寬齋。作者透過兩人及周邊的人物，用極爲細密及洗練的文字和婉轉的情節，描述他們在明治維新時期中，對思想、社會問題的摸索。

對照島崎藤村的出身背景，便可以充分瞭解，《黎明前》幾乎就是島崎藤村的自傳體小說：也是探討明治維新的理想與現實的一部文學作品。[18]

島崎藤村，這一顆升起於山野間的文學明星，留下了詩歌、散文、小說各見代表性的作品。其作品也貫徹了某種程度的社會批判、文明批判精神。[19]

(四)

相繼完成了優美奔放的現代詩《若葉集》、探討社會深層問題小說《破戒》的島崎藤村，成爲專業寫作、收入優渥的文人；也奠定了固定的社會地位。

中年以後，島崎屢次回到幼年生活的馬籠，也購下一塊土地。

島崎藤村去世後不久，一九四七年，儘管當時正處於戰後生活艱困時期，故鄉青年發起建設紀念館活動：

我等與島崎藤村有血緣關係者，或是島崎的鄉親，不應以單純保存島崎創作（當然這些都是日本文化資產）為滿足。我等有志一同決定在島崎藤村出生地修築紀念館舍，以彰顯作家業績，永垂後世。[20]

一九五二年，島崎藤村長子捐贈四一九五件書籍、文物等，配合硬體建築展出。最令人感動的是，這一次捐款活動，長野縣中、小學師生共捐了總額的一半左右。[21]紀念館成立以後，運作十分正常，而且完全不曾依賴政府預算的補助。

建築家谷口吉郎的設計，配合古道中仙道驛站的朦朧氣氛，以黑白的平房建築為主軸。目前的三處展示館，既有島崎藤村的著作、手稿，更有晚年的書齋（由大磯移至此地）以及復原了一處百年前的老家。

馬籠乃是江戶時代中仙道一處大驛站，如今在當地居民配合下，建設成為一處觀光勝地。儘管白天遊客如織，而穿梭在數百年歷史的街道中，令人產生時空錯覺。夜晚，漫步在暗淡的燈火古道上，簡直像來到了桃花源。一片沉寂中，只有水聲、蟲聲和繁星——這兒也編織了一個日本最具文學氣氛的文學家紀念館。

注

1 周佳榮：《近代日本文化與思想》，八二～九七頁。商務印書館香港分館，一九八五年二月。

2 奧野健男：《日本文學史》，四九～五一頁。中央公論社（中公新書），一九七〇年三月。

3 中村光夫：《近代の文學と文學》，二四〇頁。朝日新聞社，一九七八年一月。

4 轉引謝六逸：《日本文學史》，下卷，八二頁。北新書局，一九二九年七月。

5 十九世紀以前，政治中心的江戶（現東京）對外交通要道有：東海道、中仙道…等。

6 《文學界》創刊於一八九三年一月，一八九八年一月停刊。參與者有：星野夕影、戶川香骨、星野天知、上田敏、平田禿木、馬場孤蝶、島崎藤村……諸人。

7 木枝增一：《島崎藤村》，四八～四九頁。三省堂，一九四三年十月。

8 「若菜」是草木的「新葉」之義。

9 日本擁有百年以上歷史的：朝日、讀賣、日本經濟各大報，自創刊起均連載小說作品，目前依然如此。版面則移到晚報（夕刊）。

10 島崎藤村去世後的三種全集是：

1.《島崎藤村全集》，共十九卷，新潮社，一九四八年八月～一九五二年六月。

2.《藤村全集》，共十八卷，筑摩書房，一九六六年九月～一九七一年五月。

3.《島崎藤村全集》（類聚版），共十三卷，筑摩書房，一九八一年一月～一九八三年一月。

11 引用西丸震哉：〈島崎藤村〉，收入《遺品、逸品》一九六～二〇一頁。光文社，二〇〇六年一月。

12 同注7第一章，三～一五一頁。

13 吉田精一：《現代日本文學史》，四六頁。筑摩書房，一九六五年十月。

14 參考，島崎藤村：《千曲川のスケッチ》中的一五二頁〈解說〉，岩波書店，一九二七年十月。

15 高橋和已所撰《島崎藤村集，2》的〈解說〉。河出書房新社，一九六八年八月。

16 奧野健男：《日本文學史》，五二頁。中央公論新社，一九七〇年三月初版。

17 吉田精一：《現代日本文學史》，六四頁。筑摩書房，一九六五年十月。

18 龜井勝一郎：〈「夜明前について」〉，收入：《現代日本文學全集》十九，《島崎藤村集》三，筑摩書房，一九七五年二月。

19 中村光夫：《日本の近代小說》一三〇頁。岩波書店，一九五四年九月。

20 參考「藤村紀念館」發行的簡介內容。

21 全國文學館協議會編：《全國文學館ガイド》，一一一頁。小學館，二〇〇五年八月。

孤女願望——樋口一葉

(一)

戰後，台灣民間流行一曲〈孤女的願望〉；由童星陳芬蘭歌唱：

「請借問播田的田庄阿伯啊／人塊講繁華都市台北對叨去／阮就是無依偎可憐的女兒／自細漢著來離開父母的身邊……」

淒涼的歌聲，令人一掬同情之淚。

其實，這乃是日本的創作流行歌〈花笠道中〉的翻版，原唱者是大名鼎鼎的美空雲雀。只是，台灣譯詞中的「阮就是無依偎可憐的女兒／自細漢著來離開父母的身邊」有幾分傳神。並且，倘若把它套用在近代日本女作家樋口一葉的生平遭遇，那眞是最合適不過了。

樋口一葉生長於家道中落家庭，年紀輕輕，就被迫來到東京貧民區做生意營生；二十五歲因病去世。

盡管如此，在極爲短暫的人生中，她卻留下了好幾篇在日本文學史上大放光芒的傑作。

同一時期的文壇臣匠森鷗外、幸田露伴、齋藤綠雨等人十分讚賞樋口一葉的作品。有人認為這是因為她是女性作家又年輕，所以才能獲得同情。事實並非因此，樋口一葉紮實的文字運用和描寫技巧，加上其內心掙扎於極度貧苦產生的反動力，促使她寫出不朽的佳作。[1]

盡管已經經歷一個世紀，樋口一葉的作品一直擁有廣大讀者。前幾年，同樣是女性作家的群洋子（YOKO）提到：

一般人對樋口一葉的印象是：夭折、薄命、沒有結果的愛情……好可憐的女人！可是，細讀樋口留下的日記，才發現並非如此。事實上，她是不妥協、積極向上的女性；貧病交加，卻依然照顧弱者；而天才橫逸更成就了短命的作家樋口一葉。[2]

相當諷刺的是，樋口一葉去世後，她的人頭像一九五一年登上了郵票，二〇〇四年又登上了鈔票（五千圓紙鈔）。

（二）

樋口一葉出生於西元一八七二年五月。

這一年是明治五年，正是日本全國急速變革的非常時期。也正是這一年，日本廢除使用一千年以上的舊曆，改用西洋曆法。

作家樋口一葉誕生地是當時的「東京府第二大區小一區」，也就是目前的東京都千代田區。當時乃父任職政府單位，住在公家宿舍。

父親樋口則義，母瀧子。父母都是「甲斐國山梨郡」（現在的山梨縣）人。

幼年的樋口一葉名叫：奈津、夏子、夏……等。後來以「一葉」爲筆名。這是因爲崇拜印度佛教聖人達摩搭乘樹葉一片東來渡人的故事而取的名字。[3]

大姊單名：藤、大哥泉太郎、二哥虎之助。兩年後妹妹邦子出生。

一葉的父親原本是一名低階武士，受到鄉賢眞下專之丞的幫助來到「南町奉行所」（警察單位）任職。明治元年（一八六八年）廢除了所有幕府時代的行政機構，改派在新成立的「東京府」任職。

幼年的樋口一葉十分聰慧，從很小開始即展現在語文上特殊才華。又因爲父親工作單位的轉換，常常搬遷住處。

一八七七年三月，六歲的樋口一葉入學「本鄉學校」，不久退學，改入「私立吉川學校」唸書。此時開始，不僅勤讀小學課本，也開始唸中國的圖書等舊學。

翌年（一八七八年）唸完「私立吉川學校」初級班，進入中級班。但不滿一年即退學。樋口一葉後來提及，在此前後，對通俗文學書籍的「草雙紙」[4]發生強烈興趣；其中特別對於英雄豪傑故事十分熱中。讀書太多，使她後來變成近視。

到了一八八一年，樋口一葉又進入「私立青海學校」唸書；一年後在「前期」畢業；接著，又過了一年（一八八三年五月）在「中等科」畢業，成績排名第五。同一年十二月在「高等科」以第一名畢業。

接下來，少女時代的樋口一葉有意繼續升學，但是母親是一位舊時代女性，希望女兒學會裁縫，做家事，反對升學。如此，依照當時學制來看，樋口一葉只有小學畢業的程度。

不過，依照樋口一葉的回憶，在小學時代後期，她已在老師指導下，嘗試填寫日本傳統詩的「和歌」。接下來，以以通信方式接受父親的友人和田重雄指導「和歌」。

由於父親職務的調動，屢次搬遷住處。

在父親的安排下，一八八四年十月起隨松永政義夫人學習裁縫。這項技能當然成為樋口一葉後來的謀生技能之一。同時也在松永家認識了有同鄉之誼的一位青年澀谷三郎。四年後（一八八九年），父親安排與澀谷三郎結婚，但在父親病逝後，澀谷三郎悔婚而沒有結局。澀谷後來曾擔任山梨縣知事（縣長）、早稻田大學法學院院長。

在「和歌」的學習方面，樋口一葉一直沒有中斷。一八八六年八月，由父親斡旋進入「萩舍」深造。這一所「和歌」私塾的主持人是中島歌子。中島歌子不僅是「和歌」素養高深，又因為丈夫乃是為明治維新犧牲的「水戶武士」，因此門庭若市，弟子上千人；其中不乏貴族、名門家子弟。

進入「萩舍」以後，樋口一葉眞是如魚得水；在眾多師生營造的氣氛中，她得以吸取豐富的文學營養。在現存史料中，樋口一葉自一八八七年起開始持續寫日記。也憧憬成爲作家。累至去世爲止，遺留了四十餘卷的龐大日記。

父親樋口則義失去了公務員身分而企圖成立搬運公司以維持生活。一八八九年，事業失敗，心身俱疲而病逝。在此兩年前，長兄泉太郎也因病去世。一家人的經濟支撐者消失了，樋口一葉變成了「無依倀可憐的女兒」，不得不暫時投靠當技工的虎之助。

在窘困中，妹妹邦子也設去找臨時性工作，一葉在「萩舍」老師的照顧下寄宿在私塾校舍中打雜，以謀取三餐溫飽。中島歌子老師原本要推薦樋口一葉擔任教職，限於種種客觀條件而未能成功。一八九〇年九月，母女三人遷居至本鄉區菊町，以裁縫、洗衣服營生。不過，在極度貧困中，樋口一葉都秉持堅強毅力，開始小說創作。

一八九一年四月，樋口一葉認識了對她的寫作產生決定性影響的人物，那就是在朝日新聞社工作的半井桃水。

後來，樋口一葉和半井桃水兩人之間產生了許多傳聞，中年喪妻的半井和未婚的一葉的交往，人世間的異樣眼光自是難以避免。事實上，半井是個正人君子，對一葉愛護、提攜不遺餘力，但是沒有非分的行爲。

在半井桃水的指導下，樋口一葉開始有計畫的寫作，也立志以寫作賺取生活費。在辛勤勞動中也常進出「帝國圖書館」借閱圖書。據樋口一葉的日記內容，當時圖書館內閱讀者幾乎清一色是男性。

一年後（一八九二年），作品逐漸問世。在雜誌《武藏野》上陸續發表了：〈闇櫻〉、〈五月雨〉。也在其他刊物上發表了〈別霜〉、〈玉襷〉、〈經桌〉等。其中，《武藏野》乃是半井桃水特別爲樋口一葉創辦的文學雜誌。

文學創作起步十分順利的樋口一葉於一八九三年開始在《文學界》發表作品，第一篇是〈下雪天〉（三月號），十二月又發表了〈琴音〉。《文學界》乃是北村透谷、島崎藤村、上田敏、馬場孤蝶等人所共同創刊，具有較高的水準。同一年也發表了〈都之花〉、〈曉月夜〉以及散文〈流水園雜記〉。

同一年（一八九三年）七月，遷居下谷區龍泉寺町（現在的台東區龍泉町）；八月，開張了小雜貨店，出售日常用品、糕餅等。當然其中原因是寫作的收入不足以應付日常生活。不過，意外的，樋口一葉在這個平民區獲得了創作〈青梅竹馬〉（TAKEKURUBE，謝六逸譯作〈比較身長〉）的靈感，完成了她的代表作。如今，樋口一葉原居地附近更成立了一座「一葉紀念館」。

創作活動順利進行下的樋口一葉，一八九四年起也開始與文壇人士交往。如：星野天知、久佐賀義孝、島崎藤村、馬場孤蝶……等人。這一年，又遷居至本鄉區（現在文京區）丸山福山町，經過一段努力學習，終於獲得「和歌」私塾「萩舍」老師中島歌子的認同而成爲助教。也相繼在《文學界》發表了〈暗夜〉、〈大年夜〉。

翌年（一八九五年），年初開始，代表作《青梅竹馬》在《文學界》連載（至次年一月結束）。這一年乃是樋口一葉豐收的一年，作品在《太陽》、《每日新聞》、《讀賣新聞》、《文藝俱樂部》各媒體發表。小說有：〈蟬蛻〉、〈十三夜〉……等。

到了一八九六年，年初即在《日本之家庭》發表了〈這個孩子〉，在《國民之友》發表《離別道路》。二月，在《新文壇》發表〈裏紫〉。

樋口一葉已在文壇占一席之地。若干作品引起森鷗外、幸田露伴、二葉亭四迷、齋藤綠雨等人的讚賞；齋藤、幸田更親自來訪。

同年（一八九六年）四月，樋口一葉身體開始不適，但依然發表了好幾篇小說以及「和歌」。秋天，被診斷爲肺結核。這在當時是難治的大病。森鷗外曾爲她介紹名醫來看診，十一月二十三日終因病重而逝世。天嫉英才，如此傑出作家，只在人世間活了二十五年。

樋口一葉逝世後在東京築地本願寺舉行簡單的葬儀，法號「智相院妙葉信女」。

（三）

作家樋口一葉在近代日本文壇具有多種特色。短命、女性、貧困、寡作。可是，更重要的是，樋口一葉的作品水準。去世後，日本人稱讚她是古代一流女作家紫式部（《源氏物語》作者）、清少納言（《枕草子》作者）再世。

謝六逸的《日本文學史》在極少篇章中也具體介紹了樋口一葉：「樋口一葉以井原西鶴爲法，曾師事幸田露伴。她是一個有天才的女子，不幸早死，爲世人所惜。」[5]

根據樋口一葉研究者和田芳惠的統計，作家樋口一葉的作品數量如下：[6]

（1）短篇小說：二十一篇。
（2）「短歌」（日本傳說詩歌）：四千餘首。
（3）《通俗書簡文》一冊及散文若干篇。
（4）十六歲至二十五歲之間的日記四十餘卷。

據說日記曾被妹妹邦子燒去一小部分，因此現存史料並非全貌。

經過一個世紀的沉澱，目前依照被廣大讀者喜愛的作品大約是日記以及：〈青梅竹馬〉、〈濁江〉、〈十三夜〉、〈大年夜〉、〈離別道路〉這幾篇小說。

其中又以〈青梅竹馬〉被認爲是樋口一葉的代表作。

〈青梅竹馬〉小說背景就是以樋口一葉開張了一家小雜貨店的下谷區（現在的台東區）一帶

的所謂「吉原」（紅燈遊樂區）貧民區。出現於小說中的主角是當地的少年、少女，也就是平民化的代表。在淡淡的戀情中，發生恩怨愛憎、悲歡離合，而背景之地的「吉原」自然也牽動整個故事的發展。

何以寡作的樋口一葉可以留名日本文壇？散文作家竹西寬子認爲：

文章的主題展現和細部描寫是相輔相成的有機關係，印證於任何時代，道理是相通的。《源氏物語》也好，《和泉式部日記》也好，其關連的美感才能使文章歷久不衰。樋口一葉無疑的是一位善於運用、保持與主題巧妙關連，又而非常重視細部描寫的作家。[7]

在另一方面，幼年勤讀漢文書籍以及日本十八世紀通俗文學的樋口一葉，在她超人的智慧下，創出獨自的描述文體、文學評論家原子朗分析：

（樋口一葉的作品）開頭即展現流暢、綺麗的特色。在韻律和時空感之中，隨著描寫對象、景觀、環境、人物的變換遷移而產生令人眼花撩亂的急速變化。並且流暢、濃密並存而不矛盾。[8]

原子朗更指出，事實上，樋口一葉原稿的毛筆字比活字排版更有無上的韻味。其行雲流水似綺麗筆跡簡直令人產生眩惑感；不僅如此，有從毛筆字原稿才能感受到樋口一葉文體的節奏和張力。目前，東京的現代文學館保存有一部分原稿。

另一方面，從旁協助樋口一葉的半井桃水的存在也是十分重要的。以長輩身分幫助樋口一葉的半井桃水，亦師亦友，指導和提攜這一位天才少女，如同照顧、保護一棵大樹的幼苗一樣的奉獻犧牲。這期間也有過一些對兩人不利的傳聞，樋口一葉的「和歌」老師中島歌子甚至一度禁止兩人的來往。但畢竟半井桃水並沒有逾越世俗倫理的行爲。

當然，《文學界》雜誌主要人物：島崎藤村、上田敏、馬場孤蝶等人善意的提供給樋口一葉發表園地，對樋口一葉自然也有幫助。

作家樋口一葉留下的龐大日記也成爲日本的文化財產。

生長於明治初年，日本卻依然在一種過渡的氣息之中。樋口一葉從舊文學吸取了養分，又遭遇了提倡新小說寫作的《小說神髓》（一八八五年，坪內逍遙）出現；樋口一葉面臨雅俗、新舊文體如何抉擇或調整的問題。在現實艱難困頓生活中，樋口一葉如何克服面臨的困境，也是日記重要的部分。由於家境的變化，一家人在東京四處搬遷，日記中便在妙筆下留下可貴的地理、風俗紀錄。[9]

從另一個角度來看，如同和田芳惠所指出的：

樋口一葉的日記乃是她小說創作的實驗場，也是探索人生的道場。倘若相信文學與生活不可分；那麼必然在日記中可以發現無限的、明朗清晰的作家基本精神存在其中。[10]

(四)

樋口一葉生長在貧困之中，貧窮卻成爲她寫作的動力和寶貴經驗。同時代的森鷗外認爲樋口一葉深具觀察力，而文筆「暢達」。[11]

森鷗外在一場與幸田露伴、齋藤綠雨兩人的鼎談中，對〈青梅竹馬〉加以剖析和批評。對樋口一葉的文章具有的魅力十分讚賞，認爲具有「令人陶醉的力量」，而且又具有「若有若無的幽玄情韻」。[12]

也就是說，樋口一葉雖然不幸早逝，但她的文學地位在當時就已奠定，迄今已超過一個世紀之久。

文學評論家奧野健男對樋口一葉加以全面性的分析。

樋口一葉宛如一顆慧星般出現於天邊的一八九四、五年甲午戰爭前後，日本以新興國度姿態正發生了耀眼的急遽變化。

（樋口一葉）在貧困、悽慘的境遇中，從〈大年夜〉透露出生活於谷底，卻不認輸的堅毅精神。在〈濁江〉、〈十三夜〉又展現青春少年、少女時代的美好以及充滿哀情的〈竹梅竹馬〉。這些小說乃是象徵明治初期浪漫情懷及悲愴情境的代表作。」[13]

作家樋口一葉去世後，台東區舊居地附近居民組成「一葉協贊會」，在她的舊居地立了紀念碑。台東區也順應民意，於一九六一年五月成立「一葉紀念館」，展出相關文物。二〇〇六年又加以改建，以嶄新館會呈現在世人面前。台東區更將附近景點加以規畫成以紀念館為核心的觀光行程，以促進當地的繁榮。

注

1 中村光夫：《日本の近代小説》，八十二頁。岩波書店，一九五四年九月。
2 群洋子（YOKO）：〈本の買い方、讀み方〉，刊登於《波》，（一九九八年八月號），新潮社。
3 關良一編：〈樋口一葉，年譜〉，收入《たけくらべ、にごりえ》，二五九頁。角川書店，一九六八年七月。
4「草雙紙」是發生於十八世紀後半以後的圖、文並茂的通俗文學作品。又可分為：赤本／黑本、青本／黃表紙／合卷。其中「赤本」供兒童閱讀。代表作有：戀川春町《金金先生榮花夢》、山東京傳《江戶生艷氣樺燒》、柳亭種彥《修紫田舍源氏》。
5 謝六逸：《日本文學史》，七二～七三頁。北新書局，一九二九年九月。
6 和田芳惠：〈樋口一葉、人と作品〉，收入《たけくらべ、にごりえ》，（角川文庫），角川書店，一九六八年七月。
7 竹西寬子：〈文章の人、樋口一葉〉。其他同注6。
8 原子朗：〈一葉文體〉，收入《樋口一葉に聞く》（井上ひさし編）。（文春文庫）文藝春秋社，二〇〇三年三月。
9 關禮子：〈一葉日記世界〉，收入《樋口一葉、日記、書簡集》，（筑摩文庫）、筑摩書房，二〇〇五年十一月。

10和田芳恵：《樋口一葉の日記》，今日問題社，一九四三年九月。
11見《めざまし草》，第一期，一八九六年一月三十一日。
12見《めざまし草》，第四期，一八九六年四月二十五日。
13奧野健男：《日本文學史》，四〇～四一頁。中央公論社，一九七〇年三月。

柳川詩人——北原白秋

(一)

日本在明治維新以後，在多數文學奠基者的努力之下，新文學方興未艾，小說、戲劇、新詩……等百花齊放，美不勝收。

在這樣的良好條件下，從九州鄉下進入東京早稻田大學就讀的北原白秋，吸收了文學養分，成為傑出詩人，寫下了無數精采的新詩、童謠，如今多數還被傳唱著[1]。而北原白秋更寫下了近百首日本各地中、小學校歌；近五十首企業界公司行號代表歌曲，這些方面的貢獻，北原白秋大約是首屈一指的。文學評論家中村眞一郎認為：北原白秋的文學成就，在大正時代（一九一二～一九二六年）是具有充份代表性的。[2]

由於筆者居住的台中市內有一條柳川，而北原白秋的出生地也叫柳川。因此對這一位詩人留下較深印象。事實上，多年前，為了籌劃興建鄧雨賢紀念館，筆者曾陪同作家鍾肇政老師參觀了北原白秋紀念館，對柳川尤其留下不能或忘的良好記憶。

(二)

誕生於日本南方國土的耀眼詩人北原白秋，在西元一八八五年（明治十八年）一月出生；故鄉福岡縣柳川市除了賦予詩人強烈的南國風格以外，歷史上的九州禁教活動也成爲詩人的重要題材（邪宗門）。水鄉柳川也提供了北原白秋極爲重要的養分。詩人曾說過：

水鄉柳川乃是我眞正的故里。泛著粼粼：水波的柳川是我詩歌的母胎。這些水的構圖、地文孕育了我的身體、我的風格……。[3]

北原白秋本名隆吉。父北原長太郎、母阿絓。兄弟姊妹共有六人，北原白秋是老大。外祖父石井業隆是一名學者。

北原家歷代爲封建領王「柳河藩」提供飲食服務；至祖父那一代開始製酒（日本沒有公賣制度）。

兩歲時罹傷寒，所幸得以痊癒；但奶媽卻被傳染而病逝。命大的北原白秋四歲時被堂姊背著而掉入水池中，幸運的被路過的僧侶及時救起。五歲時日本流行霍亂，使北原白秋留下深刻的恐怖印象。

北原白秋在六歲時進入久留小學就讀，因爲具備超人的聰明才智而贏得「神童」之美名。此時，在上學時間以外，與姊姊前往私塾練習書法。小學二年級開始，已進行古典文學《竹取物語》、《平家物語》……的閱讀。十歲那一年（一八九五年）完成初級小學學業，以全校第一名畢業，並繼續就讀「高等科」（柳河高等小學）。

原本耽讀日本古典文學的少年北原白秋，此時由舅舅指導，開始閱讀西洋文學作品。

十二歲時跳級考進「縣立傳習館中學」，但在要升上三年級時因數學不及格而慘遭留級。這也刺激了北原白秋強烈喜好文學的興趣。在這前後，詩人北原白秋已逐漸呈現文學家的雛形。不僅有計畫的閱讀前輩詩人島崎藤村的《若菜集》等新詩作品；同時也集合年紀相仿的同好切磋傳統詩歌。

一九〇一年，因一場大火，北原家酒廠被波及，遂使他們家道中落，數年後沒落至窮困的地步。但北原白秋對文學的熱中並沒有消退，與同好發行《蓬文》雜誌。共同取了筆名，第一字是「白」、「秋」是抽籤抽到的字。又由於歷史老師牧野義智的影響而決定報考早稻田大學。

十七歲（舊制中學四年級）開始在《福岡日日新聞》投稿發表短詩。但因過度迷戀文學而引起父親及某些長輩有不同意見，造成北原白秋神經衰弱而請假養病。

請假半年的北原白秋又申請復學，並集合同好發行雜誌《硯香》；其中一部分文字公開批判學校行政措施而引起學校的注意。不僅如此，在家道中落後，乃父希望北原白秋就讀商業學校，以便畢業後改善家庭經濟情況；但北原白秋在沒有考完畢業考的狀況下，一九〇四年四月考進早稻田大學英文系預科。按照當時學制，就讀預科一年後可以直升大學部。

北原白秋之進入文學家淵藪的早稻田大學，對他一生有了決定性的影響。其一，在這裡，他認識了後來成爲文壇重鎮的：土岐善磨、佐藤綠葉、安成貞雄等人；其二，他開始在藏書豐富的圖書館大量閱讀森鷗外、上田敏等人的作品。也開始向《文庫》（雜誌）投稿。大學一年級，即榮獲《早稻田學報》懸賞詩一等獎。

如魚得水的北原白秋開始認識了與謝野晶子、石川啄木、吉井勇……等重要詩人參加了新詩社；甚至後來又獲得詩人上田敏的賞識。詩作也陸陸續續發表在《明星》等雜誌上。一九〇六年十月，與與謝野寬、吉井勇等人旅遊京都、奈良、伊勢……等地。紀行詩作一部分收入詩集《邪宗門》。

翌年（一九〇七年）七月起，與詩人朋友採訪九州西部各地，包含日本歷史上最大宗教迫害事件的發生地：天草、島原。這是詩人北原白秋撰寫代表作之一《邪宗門》的起源。這一年，北原白秋一方面新結識詩壇巨臂佐佐木信綱、伊藤左千夫、齋藤茂吉；卻在同時期與《明星》詩人切斷友誼；《明星》也因此於翌年出版了第一百期而停刊。北原白秋等人稍後則又創刊了《斯巴陸》（昂）。

由於對文學創作活動的積極投入，北原白秋放棄了早稻田大學的學業。一九〇八年，完成了象徵詩篇：〈謀叛〉、〈耽溺〉、〈黑船〉、〈邪宗門秘曲〉、〈濃霧〉、〈室內庭園〉……

等。翌年，結合詩友與青年畫家石井柏亭、森田恆友、山本鼎……等人成立友誼團體「麵包會」，經常在隅田川畔一家西餐廳聚會，進行文學與美術的交流。

詩人的代表詩集，也是第一部詩集《邪宗門》以半自費方式於一九〇九年出版。除了新體詩以外，北原白秋也不斷繼續傳統詩（五七五七七音律）的創作。同一年（一九〇九年）因九州老家破產而於年底返回故鄉，翌年再來到東京。

自一九一〇年起，乃是「麵包會」的鼎盛時期，北原白秋的許多傑出作品：《回憶》、《桐花》、《東京景物詩及其他》均完成這一時期。二月，刊登於《屋上庭園》的詩篇〈阿卡魯勘平〉被政府認爲違反善良風俗而遭查禁，雜誌也結束掉。三月，文友若山牧水發行《創作》；北原白秋擔任詩篇部分。是年九月遷遷居東京郊外大谷原宿。這前後已搬遷好幾次。

北原白秋的第二本代表作《回憶》於一九一一年六月出版，問世後立刻獲得好評，也奠定了在詩壇的重要地位。九月二十四日，詩壇重鎮上田敏號召友人共同祝賀《回憶》的出版。九月下旬，因開刀舊痕疼痛而赴小田原療養。十月，《文章世界》發表讀者票選「明治時期十大文豪」北原白秋躍登詩人第一名。同年，《創作》停刊，另發行綜合文學雜誌《朱欒》。

創作力十分旺盛的北京白秋，到了一九一二年，因爲之前與鄰人之妻的糾葛而捲起訴訟案件，一度被捕而送入看守所。所幸經過乃弟北原鐵雄的奔走，事件沒有擴大。這一時期詩人沒有心情創作，卻因此對人生和感情有了徹悟；同時，九州家人也大抵來到東京共同生活。但感情事件一時無法淡忘，一九一三年初，企圖自盡；僥倖沒有造成不幸。而在曲折複雜的發展過程，與愛過的女人俊子於五月結成連理。同一年，自九州來東京的父、弟共同經營魚類買賣，半年左右因經營不善而結束；其間北原白秋偶爾從旁協助。十月，為島村抱月所組的劇團撰寫歌詞，十月，在「有樂座」劇場發表。十一月，組成「巡禮詩社」。

一九一四年，陪妻子俊子等人赴小笠原島養病，不久又返回東京。由於貧窮及志趣不合，終於與妻子分手。在創作活動方面，由「巡禮詩社」發行詩刊《地上巡禮》。時萩原朔太郎、室生犀星、大手拓次三人十分活躍，被譽為「白秋門下三隻烏鴉」。年末，出版了《眞珠抄》、《白金之獨樂》。

北原白秋於一九一五年一月，應詩人萩原朔太郎邀請赴前橋（群馬縣）滯留一星期。三月，《地上巡禮》停刊，前後共出版六冊。同一年，在詩刊《曼陀羅》上與上田敏、三木露風等人發表詩篇。四月，與乃弟鐵雄合作創立出版社「阿蘭陀書房」，並創刊了《ARS》（詩刊）；但年末，共出版了七期便停刊。同年出版了傳統詩集《雲母集》。

住所一再搬遷的北原白秋於一九一六年六月由東京搬到千葉縣的三谷；而稍前則與九州大分縣人江口章子結婚。七月，將《東京景物詩及其他》改名為《雪與煙火》（東雲堂）出版。同時期，將「巡禮詩社」改名「紫煙草舍」。十月，出版散文集《白秋小品》（阿蘭陀書房）。年末，創刊《香煙之花》（詩刊），但出版兩期即停刊。在此時期，乃是北原白秋物質生活極為匱乏的一段日子。翌年（一九一七年），又搬到東京，將「阿蘭陀書房」出讓，但又創設「阿魯斯書店」。九月，將詩歌私塾「紫煙草舍」解散；門下學生之中，傳統詩人繼承了《曼陀羅》，新詩詩人則傳承了「巡禮詩社」。

到了一九一八年一月。「曼陀羅」詩人出刊了《薩姆波亞》（共九冊），北原白秋爲這個刊物寫了好幾篇文稿。七月，鈴木三重吉創刊了日本兒童文學重要刊物《紅鳥》，北原白秋開始大量創作童謠；也因此引起全國的童謠熱。翌年起陸續撰寫散「麻崔生活」系列，在《大觀》刊登。第二年（一九一九年），生活大爲改善。一再搬遷住宅的北原白秋在傳肇寺附近建了書齋；此處成爲故鄉柳川以外，居住時期最長的一地。翌年，出版了《木馬集》（傳統詩）、《白秋小歌集》（歌詞）、《晴蜓的眼睛》（童謠集）。一九二〇年，在《大阪朝日新聞》連載小說《哥路》，二月，散文集《麻雀的生活》出版（新潮社）。五月，與妻子章子離婚。

一九二一年，詩人與山本鼎、片山伸等人共同創辦《藝術・自由教育》雜誌（共出刊九冊），年初，《白秋詩集》（第二卷）出版。四月，與九州大分縣人佐藤菊子結婚；這是北原白秋擁有家庭生活的開始；一方面又重返傳統詩壇。五月，出版童謠集《兔子的電報》，六月，出版散文集《童心》；七月出版詩歌論集《洗心雜話》，八月出版傳統詩集《麻雀之卵》。八月也出席在輕井澤舉辦的「自由教育暑期講習會」。事後，將講課的印象寫成詩篇〈落葉松〉，發表在《明星》復刊號。翌年（一九二二年），年初出版了與詩人齋藤茂吉交換編選的《北原白秋選集》（阿魯斯出版）。三月，長子隆太郎出生。六月出版了童謠集《祭禮之笛》，八月，出版傳統詩歌《觀相之秋》。在此之前（六月）曾應邀赴新瀉師範學校演講。當時附屬小學曾安排小朋友合唱北原白秋的童謠，使詩人大爲感激。九月，與山田耕作共同創刊藝術雜誌《詩與音樂》；不久引起詩體問題的論戰。十月，出版童謠集《羊與狐狸》。

越一年（一九二三年），上半年參加了傳統詩論戰。在反齋藤茂吉的氣氛下，創刊了《日光》。在五月以前，多次出門旅遊，六月出版詩集《水墨集》、七月出版童謠集《開花爺爺》。九月，關東大地震損失慘重，山上的房子被震垮，乃弟的出版社「阿魯斯」則被燒光。詩刊《詩與音樂》在震災後出了一期「地震特別號」而宣告停刊。一九二四年，在《日光》創刊下，日本傳統詩界出現了一股嶄新氣象，並連結至昭和時期（一九二六年～）的詩壇發展。是年六月，出版了小調民謠集《葦葉》，十二月，出版了散文集《日本童謠雜談》。一年後的一九二五年五月，出版散文集《季節之窗》、童謠集《兒童村》；七月，《回憶》推出增訂版。在七月裡赴北海道旅遊，因此而撰寫詩篇〈海豹與雲〉。十一月，與川路柳虹、三木露風合編河井醉茗五十生辰《日本現代詩選》（阿魯斯出版）。

創作力十分旺盛的北原白秋於一九二六年三月出版了童謠集《二重虹》，六月，又出版了《枳殼花》（新潮社）。七月，因月刊《改造》討論傳統詩（短歌）觀點而引起詩壇論戰。同年（七月）出版了北原白秋編選的《石川啄木選集》。九月，出版了童謠集《象之子》（阿魯斯）

以及《現代民謠選集》（講談社）。十一月，創刊詩雜誌《近代風景》。翌年（一九二七年）三月出版詩論《藝術的圓光》。八月，《東京日日新聞》邀請北原白秋評選「日本新八景」；與長子隆太郎旅遊木曾川、長良川等地。

一九二八年二月出版《北海道紀行集》。四月，與畫家恩地孝四郎搭乘飛機進行「藝術空中之旅」；這項策畫是「大阪朝日新聞社」主辦的。此行更促成北原白秋間隔二十年首次返回故鄉柳川，並且受到盛大歡迎。九月，《近代風景》停刊（共出版二十二冊）。十月出版《花樫》（改造社）。翌年（一九二九年）三月，童謠論文集《綠色觸角》出版（改造社）。三月底起，受「南滿州鐵路公司」邀請，赴滿州（中國東北）、蒙古考察旅行。返回日本時，與妻子自神戶轉往奈良、大和一帶旅遊。四月，〈（明治大正詩史概觀）〉在改造社出版的《現代日本詩集》發表。五月出版傳統詩（長歌）集《篁》，六月出版童謠集《月亮與胡桃》。八月，新詩集《海豹與雲》由阿魯斯再版。九月，由阿魯斯陸續刊行《白秋全集》（共十八卷）。九月，在山水樓舉辦全集出版慶祝會，此後每年固定舉辦「白秋會」。

在不斷努力創作中，北原白秋在童謠、民謠、歌謠的作品而聞名日本全國。一九三〇年五月，編選《紅鳥童謠集》出版。月底，應九州八幡製鐵公司邀請返回九州，為該公司填寫企業歌。短暫探訪故鄉柳川後，經唐津等地赴東京。翌年（一九三一年）六月，陸續刊行《白秋童謠讀本》（六卷，采文閣）；九月，《北原白秋地方民謠集》出版（博文館）。一九三二年三月，編選《青年日本之歌》出版（立命館）；四月，編選《日本幼兒詩集》出版。十月，創刊《新詩論》（季刊，共三輯）。十一月，創刊傳統詩（短歌）季刊《短歌民族》（共二輯）。

詩人鈴木三重吉一直是北原白秋的重要合作夥伴，交往長達十六年。一九三三年四月，因故而絕交；從此不在《紅鳥》（雜誌）寫稿。五月，岩波文庫推出《白秋詩抄》。六月起，按年度編纂詩文集《全貌》，詩人去世後改名《白秋》。十月，出版《鑑賞指導、兒童自由詩集成》，刊行《新詩論》（第三輯）。十二月，推出改造文庫《明治大正詩史概觀》。一九三四年一月，《白秋全集》十八卷完成。四月，出版傳統詩集《白南風》。六月，參加在富士山麓舉辦的「野鳥會」。六月底，應台灣總督府及台灣教育會邀請到台灣進行環島參觀旅遊；至八月下旬回到神戶。

一九三五年二月，完成水戶市市歌，前往該處接受招待；五月，以同樣理由赴長崎的三菱長崎造船所；順道回到故鄉柳川，也赴四國繞了一圈。六月，結成「多磨短歌會」，創刊《多磨》（詩刊）；企圖復興詩歌浪漫精神。這也是北原白秋第二波的結社活動。七月，出版散文集一冊及傳統詩論集中的《北原白秋篇》。七月底，「大阪每日新聞社」委託詩人評定「朝鮮八景」而前往慶州、漢城、平壤……等地。十一月，由作家、畫家、音樂界共同發起慶祝北原白秋五十歲的慶生會，在東京市內日比谷公會堂盛大舉行。

到了一九三六年一月，又遷居東京郊區（成城）。七月，出版了《旅窗讀本》。八月，《全貌》第四輯付梓；改造社「短歌文學全集」《北原白秋篇》出版。「多磨」全國聚會也在八月舉行，北原白秋親往信貴山參加，回程順道旅遊奈良、名古屋。十二月，出版《國民歌謠集、躍進日本歌曲》。翌年（一九三七年）一月，赴上州磯部溫泉參加紀念詩人大手拓次活動。三月，擔任改造社《新萬葉集》審員委員。同月，接受「福助足袋公司」（生產日式布襪）邀請填寫企業歌赴大阪、京都。五月，接受「哥倫比亞唱片公司」邀請錄製詩歌朗讀，也前往富士山麓參加「多磨賞島大會」；八月，又在武州高尾山舉辦。十一月，糖尿病、腎臟病引起眼底出血，影響了視力。十二月，編選傳統詩集《雀百首》出版。因病自年底住院，年初（一九三八年）返家療養，但視力漸差。此時，因緣際會獲得古代詩人良寬的遺愛——日式毛球，北原白秋興奮得如獲至寶。五月，出版傳統詩（短歌）教學書《鑽》。六月，舉辦《多磨》三週年慶祝大會。八月，出版木刻書《口述筆記》、《家人清書》。十月，參加深大寺的「多磨吟唱會」。

盡管視力早已亮起紅燈，詩人北原白秋依照擁有旺盛的創作力。一九三九年二月，被遴選爲「日本建國二千六百年祝賀歌及舞蹈」[4]。在此前後，詩興大發，創作了〈滿蒙風色〉、〈鄉土飛翔吟〉……等數百首詩作。八月，出版旅遊散文集《雲與時鐘》（偕成社）。十月，完成了長篇音樂詩《海道東征》及長篇詩歌《元寇》。這是爲建國二千六百年而創作的。十一月，出版了傳統詩集《夢殿》。一九四〇年三月，在王禪寺舉辦「多磨吟唱會」，四月，遷居東京杉並區阿佐谷。這是詩人北原白秋頻繁搬家的最後一次。六月，赴仙台參加「多磨吟唱會」，回程旅遊松島、平泉、花卷等地。七月，「現代短歌」第一卷《北原白秋篇》出版（河出書房）；八月，病中創作詩《黑檜》由八雲書林出版。八月，「多磨吟唱會」在鎌倉圓覺寺舉行。十月，詩集《新頌》由八雲書林出版。十一月，應河出書房邀請，著手編選《白秋詩歌集》（共八卷）。同月，詩歌〈海道東征〉由信時潔配曲，在東京音樂學校（現藝術大學）發表。十二月，弘文館《現代短歌叢書．北原白秋篇》出版。

日本在亞洲各地挑起的戰爭對北原白秋的文學活動沒有太大影響。一九四一年一月，《白秋詩歌集》第一冊問世，到同年九月出齊八冊。三月，接受九州「福岡日日新聞社」頒予文化獎，全家赴九州；並出席在故鄉柳川舉辦的「多磨吟唱會」。會後，訪問九州各地後返回東京。五月，與島崎藤村、窪田空穗同時獲遴選爲文化、學術界最高榮譽的「藝術院會員」。夏季以來，腳氣病發作，步行困難。十一月，見桃寺「白秋詩碑」揭幕。年末，健康狀態不佳。

一九四二年年初開始，詩人的腎臟病、糖尿病逐漸惡化，但北原白秋依然工作不懈。即使長期住院，文筆方面依然不加懈怠。三月，出版了傳統詩論《短歌之書》（河出書房），少年詩集《港口之旗》。五月，策劃《日本傳承童謠集成》；七月，完成傳統詩集《溪流唱》、《橡》；也出版了童謠選集《早上的幼稚園》。九月，出版詩文集《香氣的狩獵者》、少年詩集《滿州地圖》。十月六日，撰寫與攝影家田中善德合著的《水之構圖》（水鄉柳川影集）。十月下旬，出現嘔吐、呼吸困難現象，十一月二日，一代詩人仙逝。臨終前，令家人打開窗戶，留下一句：

「吾乃重生！」十一月廿一日，葬於多磨墓園。

（三）

出生於九州一個小漁村的北原白秋，少年時代，因家道中落而吃了一些苦頭，甚至遠赴東京以後，相當長的時期內，經濟情況沒有改善。第三次婚姻大致是美滿的；前兩次都維持不久。第一次婚姻甚至引起世人的負面印象。

有人認為從外在客觀條件看來，詩人北原白秋是躁鬱型文人。但也有人認為並非如此，這只是創作慾旺盛的一種自然反應而已。[5]

作家三木卓以為，北原白秋在二十歲以後開始發表長詩，之後，如雨後春筍的創作不斷。但這些爆發力其實是老早在故鄉柳川時就累積下來的。[6]

北原白秋的故鄉柳川市在北原誕生百年時編印的《近代日本詩聖、北原白秋》[7]中，將詩人一生的經歷加以分期：

1. 柳川時期（幼年、少年時代），一八八五～一九〇三年。
2. 青春時期——一九〇四～一九一二年。
3. 遍歷時期——一九一二～一九二〇年。

4. 壯年時期——一九二一～一九三四年。
5. 成熟時期——一九三五～一九四二年。

事實上，如上文所介紹的。北原白秋自從由九州毅然報考早稻田大學，忽然呼吸了截然不同的文學空氣，立即引發他的創作才華。即使婚姻生活並不順遂；他一再創辦詩刊：《斯巴陸》、《屋上庭園》、《朱欒》、《地上巡禮》、《ARS》、《詩與音樂》、《日光》、《近代風景》、《新詩論》、《全貌》…等。雖說大部分都短命的無疾而終，在近、現代日本詩壇，自明治、大正時期起，至昭和初期一直發光發亮，照耀文學界，北原白秋應是第一人。

何況北原白秋的新詩和五、七、五、七、七韻律的傳統詩創作雙管齊下；也是其中的佼佼者。例如以下兩首：

春天的鳥兒／那種啼聲呀啼聲／阿卡阿卡的／外頭的一片草地／射入微微的夕陽。

行雲般流水／它爲何瞬間即逝／那青青泡沫／鶺鴒鳥的那尾巴／似乎觸在我手中。

另一方面，北原白秋的新詩（自由詩體）也是十分傑出的。北原的處女作《邪宗門》所展露的頹廢型官能美，以及絢爛詩風[8]，使他立刻成爲詩壇的閃爍新星：

我在細思：末世邪教、基督的魔法，
黑船（鐵船）洋船長、紅毛蕃謎樣的國度，
鮮紅的玻璃……，體臭的洋人們。
穿著南蠻棉織布；淺嚐阿剌吉／紅酒……

一系列的《邪宗門》詩篇，描寫十六世紀西班牙傳教士在九州南端遭遇的迫害。詩人石川啄木指出，「邪宗門」一詞，明白刻畫出歷史的連想；而全詩更洋溢著全新的情緒。這些筆觸，都是日本詩作的空前表現。

詩人北原白秋乃是少有的天才型詩人。他在童謠、民謠方面也留下許多傳世作品，例如童謠：

松鼠、松鼠、小松鼠，
跑來跑去的小松鼠，
杏仁果紅了呀，
吃吧、吃吧、小松鼠！

字句淺顯，段落分明，多麼精采的兒童詩。

詩人北原白秋的童謠詩體，與同一時期的野口雨情、岩野泡鳴等人，他們的創作靈感都受到西洋搖籃曲的影響。十九世紀末期至二十世紀初，北原白秋、西條八十、野口雨情成爲日本童謠詩三大名家，作品至今依然不斷的被日本人傳唱著。[9]

柳川、北原白秋的誕生地，因詩人而成爲日本勝地之一。然而，在詩人心目中，柳川不僅是故鄉，更是文學的發源地：

水鄉柳川呀，
乃是我出生地故里。
可是，水鄉柳川，
才是我詩歌母體。
柳川的水路，故鄉的光景，
孕育了我的肉體；
形成我的風格。
（北原白秋：〈水之構圖〉）

(四)

綜觀詩人北原白秋的一生，他雖然生長在九州一個小漁村，但是青少年時代起對文學即十分熱愛；及至進入東京早稻田大學，便產生爆發性的效應。從此，在傳統詩、新詩、童謠、民謠、散文的創作上，一輩子不曾間斷；雖然患有糖尿病、腎臟病等慢性病，但似乎沒有讓北原白秋產生太大挫敗。

詩人三好達治認爲，北原白秋的傳統詩集：《桐花》、《雲母集》、《麻雀之卵》皆十分精采；但就藝術性而言，還是以第一詩集《桐花》最爲出色。[10]以《邪宗門》爲代表的新詩，北原白秋和島崎藤村都潛伏著「清新洋溢的思潮」和「近代的哀傷及煩悶」。兩人所不同的，島崎藤村的詩句內涵比較是人性的外在行爲的；而北原白秋更屬於心理的。

並且，北原白秋在清新氣息中更具備美的意識。[11]

北原白秋除了在文壇上是一名多產作家之外，他寫下的各種歌詞之多，可能在日本歷史上是空前，也是絕後的。

1. 校歌：包含駒澤大學校歌、同志社大學校歌、東京高等師範（筑波大學前身）以及全國各中、小學，共有九十九所學校校歌是北原白秋的作品。其中包含日據時代的埔里農林學校、豐原第一小學、台北第二商業學校的校歌歌詞也是出自北原白秋。

2. 鄉鎮歌：包含水戶、橫須賀、岡崎、下關（馬關）等十首。
3. 各地方民謠：包含多摩川、新瀉、松代、湯島、唐津等地之創作民謠三十首。
4. 企業歌、社團歌曲：包括伊藤萬、王子製紙、加爾必思、鐵道省（鐵路局）、三菱公司長崎造船廠、八幡製鐵、福岡縣牙醫公會、大日本警察……等共四十五首。

當然，這些歌曲大部分到現在還被傳唱著。

詩人北原白秋去世後，由當地政府機關、民意代表以及居民共同發起建立紀念館活動。第一步是把已經轉售他人的老家買回來，重新佈置成北原白秋幼年時的模樣。在老屋後來造了一棟現代化的三層樓展示館：中間隔著一條潺潺流水的小河。紀念館爲柳川帶來一股強烈的文化氣息，賦予當地嶄新的生命。此外，在三浦市及小田原市也各有小型紀念館。

一九九二年乃是北原白秋去世五十年紀念，故鄉柳川市舉辦各種紀念活動，包含小學生合唱、地方特色表演活動；而東京也連續展開紀念北原白秋的大型音樂會，SONY公司也推出專輯唱片。[12]

一代詩人的作品，成爲日本的文化財；至今依然被傳唱、閱讀，以至久遠的年代。

注

1 巖谷大田：〈早稻田人物史：文壇〉，收入《早稻田大學——一世紀の足跡》，旺文社，一九七九年一月。

2 中村真一郎：〈白秋の時代——回想と現代〉，收入：《北原白秋九州》（《太陽》一九六期），一九七九年十二月。

3 引用2：松永伍一：〈白秋の青春と風土〉，收入《北原白秋》（生誕百年紀念）西日本新聞社，一九八五年一月。

4 二次大戰前，日本人認為他們擁有二千六百年歷史，一九四〇年全國盛大慶祝，並發行一套郵票。

5 山本太郎：〈白秋童謠、その陰、陽の見事な合成〉，收入《太陽》（日本童謠集）一二八期，一九七四年一月，平凡社。

6 三木卓：〈白秋の詩ふるさと〉，收入《太陽》（北原白秋と九州）一九六期，一九七九年八月，平凡社。

7 《近代日本詩聖、北原白秋》，北原白秋展專門委員會、西日本新聞社編印、出版，一九八五年一月。

8 奥野健男：《日本文學史》，一〇一頁。中央公論社（中公新書），一九七〇年三月。

9 野田宗太郎：〈童謠の星〉，收入《太陽》（日本童謠集），一二八期。一九七三年十二月。

10 三好達治：〈近代短歌について〉，收入《近代文學入門》，角川書店，一九六一年五月。

11 伊藤信吉：〈近代の詩本質 方法〉，收入《近代文學入門》，角川書店，一九六一年五月。

12 一九九二年九月二十五日、十月三十日《產經新聞》。

天才作家——芥川龍之介

（一）

介紹日本經典文學作家，芥川龍之介應該是不可或缺的一位。

芥川龍之介在日本現代文學作家之中，具有好幾種特色：1. 少有的天才型作家。2. 短命（三十六歲自殺）。3. 因而寡作。4. 雖是寡作，作品篇篇擲地有聲。5. 作品長期普遍受到日本讀者的關注、喜愛。事實上，台灣也有不少愛讀者。

在大正年代（西元一九一二～一九二六年），正當尾崎一雄、梶井基次郎這一票青年各自熱中於「同仁雜誌」（文學愛好者的自費刊物）的同時，同樣是青年的芥川對前輩格的志賀直哉的《焚火》、《暗夜行路》十分傾倒。也是同一時代的作家，在大正時代各自放射光芒，各自具有作品特色。當然芥川龍之介乃是其中佼佼者。[1]

芥介龍之介幸運的邂逅了文人企業家菊池寬（高中同學），在芥川去世後，設立了鼓勵後進的文學獎項——芥川獎（另有一項直木獎），使芥川龍之介在文學界成為無人不知的人物。

其實，更重要並非如此，芥川龍之介在日本文學史上早已有了歷史定位。文學評論家奧野健男說：

「（芥川因為）母親的發狂，以及幼年貧困中的黑暗境遇；以病弱之身，卻又具備超人的敏感；這些因素構成他的厭世人生觀（pessimistic）以及懷疑態度。具備都市人品味，又有豐富的教養，更有超人智慧的芥川，厭惡暴露自我的告白式文學。他透過西洋文學，建構了知性文藝者（dilletante）的文學創作觀。芥川從日本的《今昔物語》等東西方的古典、歷史、傳說故事等加以取材，再從一個聰明傍觀者釐清其中的矛盾（parado）（ical）。《香煙與惡魔》、《信教人之死》、《秋山圖》、《六宮之妃》……等作品中，芥川壓抑了灰色情感，一篇又一篇，露骨又明顯意識的努力展現其不同寫作技巧。這使他成為日本的梅黑美、普羅斯佩、莫泊桑，也確確實實的獲得了文壇的地位。」[2]

（二）

芥川龍之介出生於一八九二年（日本明治二十五年）三月一日。出生地是當時的東京市（現在的東京都）京橋區入船町。父新原敏三、母阿福；是家中長子。由於辰年（龍年）辰月辰日辰刻，因此被命名為「龍之助」。（日文龍、辰同音）

未滿一歲，母發狂，成為芥川龍之助心中揮之不去的巨痛。

五歲，進入江東小學附設幼稚園就讀；翌年（一八九八年）就讀江東小學一年級。自幼聰穎的龍之助開始閱讀通俗小說。

就讀小學五年級時已展現出不凡的文學才華，與同學數人創刊同好雜誌《日出界》，負責編印工作。這一年（一九〇二年）成爲舅父芥川道章的養子，改名「龍之介」。（助、介同音）同一年，生母去世。這使他從此益加思念母親，也成爲內心世界的一大苦楚。

一九〇三年，在同好雜誌《日出界》創刊一週年特刊號發表〈學問城攻擊〉。

兩年後的一九〇五年進入「東京府立第三中學」（初中）就讀。初中時期，依然展現其不凡的天才；同時也熟讀夏目漱石、森鷗外、泉鏡花……等人的作品。

初中畢業前，芥川龍之介對歷史人物發生濃厚興趣。畢業前寫了一篇〈義仲論〉，對歷史人物木曾義仲做深入的分析與批判。並寫下如此結論：

「（木曾義仲）不是革命的策動者，而是革命的實踐者。他在粟津陣亡時，年僅三十一。其馳騁天下，亦即自木曾舉兵，以迄在粟津落敗，僅僅是四年的短暫時光。他的社會上有形生命，事實上是如此短暫。然而，他以轟轟烈烈的革命精神和不屈不撓的毅力，追求其個人的自由及新時代的光輝，以完成人生的嶄新意義和榮譽。如此，他的一生是失敗的，過得是蹉跌的歲月，也是不幸的一輩子。不過，木曾義仲卻是堂堂正正，男子漢大丈夫的典範。」[3]

少年時代的芥川龍之介似乎已清楚的透露了自己的人生觀。

初中畢業後（一九一〇年），因成績優異，免試直升「第一高等學校」（舊制高中）。在高中時期，與菊池寬、久米正雄、松岡讓、山本有三、土屋文明……等人同窗，但芥川龍之介卻是個獨行俠，與這些人沒有什麼交往；只有恆藤恭一人是親密的朋友。

一九一三年升入「帝國大學」（現在的東京大學）英文系，遷居東京西北處的田端，此處成爲芥川後來的常住之地。翌年（一九一四）與大學先後期同學參加《新思潮》雜誌第三次創刊；參與者有：豐島與志雄、山本有三、久米正雄、菊池寬等人。芥川在第一期發表了〈老年〉。這一年，也發表了兩篇翻譯小說。

芥川代表作之一的〈羅生門〉發表於一九一五年的《帝國文學》。這一年，與文友久米正雄一同拜夏目漱石爲師，芥川在夏目漱石的指導和鼓勵下，不斷提升其作品的水準。

一九一六年二月，作品〈鼻〉刊登於《新思潮》。七月，自大學畢業，提交論文〈威廉・莫里斯研究〉。九月，〈芋粥〉刊登於《新小說》；十月在《中央公論》發表〈手巾〉；十一月在《新思潮》刊出〈香煙與惡魔〉。同一年十二月就任「海軍機關學校」（海軍機校）英語教師。

大學畢業後，芥川龍之介發揮旺盛的創作精力，作品不斷問世。作品集第一輯《羅生門》於一九一七年五月出版，十二月又出版第二輯《香煙與惡魔》。同年也發表了〈某一天的大石內藏助〉於《中央公論》；也在《大阪每日新聞》報紙上連載《劇作三昧》。

芥川龍之介於一九一八年二月與塚本文結婚，遷居鎌倉大町。這一年，與《大阪每日新聞》簽約爲「社友」，定期爲報社提供文稿。五月，〈地獄變〉分別刊登於《大阪每日新聞》及《東京日日新聞》。七月，〈蜘蛛之絲〉刊登於《紅鳥》雜誌，這是鈴木三重吉創刊的雜誌。九月，〈信教人之死〉發表於《三田大學》（以慶應大學文人爲主體的文學雜誌）。

不斷有傑作問世的芥川龍之介，於一九一九年推出創作第三輯《傀儡師》。至此，芥川在文壇的地位已大致底定，雖然他才二十七歲。這一年，他辭去「海軍機關學校」教職，就任「大阪每日新聞社」的「社員」（固定職，當時日本新聞、出版界有如此方式）。四月，由鎌倉搬回田端，並將書齋命名爲「我鬼窟」。這一年開始，與文友室生犀星交往頻繁。

同年五月，偕同窗朋友菊池寬赴長崎旅行，搜集了不少荷蘭、葡萄牙等國的相關資料。長崎乃是自十六世紀起，唯一接觸西洋人的南端港口。芥川與菊池寬交情很深，將長子命名爲比呂志，其發音Heroshi和「寬」相同。另一方面，芥川龍之介英年早逝，菊池寬爲他設置了「芥川獎」，成爲影響日本現代文學發展最爲巨大的獎項，使芥川龍之介在日本文壇上錦上添花。

一九二〇年，芥川與菊池寬、久米正雄一同赴大阪、京都一帶演講。後來，菊池寬創辦了《文藝春秋》，文學作家的講演活動便加以制度化。

翌年（一九二一年）三月，以「大阪每日新聞社海外視察員」身分赴中國考察及旅遊。不幸到達上海即罹患肋膜炎而住院三週。出院後赴杭州、蘇州、揚州、南京、蘆山、湖南洞庭湖、漢口、洛陽，最後由北京轉往韓國（朝鮮），於七月返抵日本。此行芥川後來撰寫了一本《支那遊記》。

一九二二年一月，短篇小說〈竹藪中〉刊登於《新潮》，中國旅遊雜記在《大阪每日新聞》發表。芥川在這一年將書齋名改爲「澄江堂」。這一年也出版了《點心》（雜文集）以及選集《沙羅花》。十月，次子多加志出生。「多加志」乃是好友小穴隆一的「隆」（Takashi）的諧音字。

一年後的一九二三年一月，好友菊池寬創刊了月刊《文藝春秋》，這一份文學、文化雜誌，深具濃厚的社會氣息，不久即獲得廣大讀者的喜愛；中間雖然遭遇二次大戰中，思想被壓抑，印刷紙張不足的慘境。戰後又恢復其強勁之氣，目前每期平均發行八十萬冊。

芥川龍之介自創刊號起連載〈侏儒語錄〉，至一九二五年十一月號爲止。同年（一九二三年）三、四月，在溫泉區湯河原靜養。

一九二四年一月，在《新潮》發表〈一塊土〉。五月，專程赴金澤探訪文友室生犀星。七月，赴避暑勝地輕井澤，住在「鶴屋旅館」。

到了一九二五年，一月發表了〈大導寺信輔的半輩子〉於《中央公論》（未完成）。三月，發表「旋頭歌」二十五首，刊登於《明星》雜誌。四月，詩人萩原朔太郎遷居芥川住處附近，因此有比較頻繁的來往。同年十月，接受「興文社」委託，耗費漫長時間編輯了《近代日本文藝讀本》（共五集）。

身體狀況不太好的芥川龍之介，一九二六年年初便赴湯河原靜養。此時他患有神經衰弱，不眠症等。四月，改赴鵠沼海岸的「東屋旅館」。在這裡寫了〈鵠沼雜記〉。這一年，發表了〈湖南之扇〉（中央公論）、〈年末的一天〉（新潮）、〈點鬼簿〉（改造）、〈夢〉（婦人公論）。結集的文集有：《某一天的大石內藏助》（文藝春秋社）、《地獄變》（文藝春秋社）、《梅、馬、鶯》（新潮社）。

作家芥川龍之介三十五歲（一九二七年）的這一年年初，由靜養地返回東京田端自宅。姊夫西川豐住宅火災，被懷疑引火而自殺，芥川不得不出面協助奔走料理後事。一月，發表〈玄鶴山房〉（中央公論）、三月發表〈河童〉（改造）。自四月號的《改造》起，與谷崎潤一郎爲文學論點的不同而打筆仗。五月，與里見淳赴本州北部、北海道演講，介紹改造社出版的《現代日本文學全集》。六月，發表〈齒輪〉（大調和）。

芥川龍之介於七月二十四日清晨，以服過量安眠藥而身亡，天英嫉才，如此短命，使日本文壇大爲震驚。

葬儀於「谷中齋場」（殯儀館）舉行，泉鏡花、菊池寬、里見淳、小島政二分別致詞追思，儀式後葬於染井慈眼寺。芥川去世後，〈西方的人〉（改造）、〈續・芭舊雜誌〉（文藝春秋）、〈闇中問答〉（文藝春秋）、〈續西方的人〉（改造）、〈齒輪〉（文藝春秋）、〈阿呆的一生〉（改造）陸續又發表各雜誌上。

後來的幾年，結集出版的作品有：《三個寶物》（童話集，改造社）、《西方的人》（岩波書店）、《大導寺信輔的半輩子》（岩波書店）、《文藝評論集》（岩波書店）、《澄江堂遺珠》（詩集、岩波書店）。

（三）

天才作家芥川龍之介自嬰兒期失去母愛，生母在芥川十歲時去世。養父母（舅父母）雖然供給養育和教育，究竟是無從取代的。身體孱弱的芥川後來形成身心俱疲的狀態。

十九世紀下半期以後，風起雲湧的文壇盛況，使芥川這一代人耳濡目染，不久拜師早已傾倒的文壇巨人夏目漱石。幼年的嗜讀日本古代文學，確定了芥川走向寫作的方向；大學時代，汲取西洋文學的滋養，又有許多優秀同儕互相切磋，日新月異。這些複合條件構成了芥川文學的堅固基礎。

早在大學時代，芥川龍之介就發表了〈羅生門〉（一九一五年十二月）。當時雖然沒能引起文壇的注意，然而，後來〈羅生門〉究竟還是芥川的代表作之一。

取材於日本古典文學短篇《今昔物語集》的〈羅生門〉，在芥川的重新詮釋下，「羅生門」成爲大家熟悉的名詞，甚至影響到台灣。

由三大部分——本朝（日本）、天竺（印度）、震旦（中國）歷史故事構成的《今昔物語集》，共有二十八卷，一千多個故事。

這一部內容豐富，廣泛討論人生、情感、善惡、愛恨的文學作品集，芥川龍之介熟讀以後，成爲他寫作的豐沛營養。二十三歲的芥川曾如此透露：

四處都醜陋不堪。自己何嘗不是如此。眼前的這一幅又一幅景象，令人度日如年。況且，人們又不得不活在如此境遇中。這一切倘若是神的安排，那麼便是惡意的嘲弄而已。[4]

而另一方面，芥川又從中獲得了橫跨宇宙穹蒼，人間萬物乃至幽冥世界的一種曠野之美。[5] 他的小說，取諸《今昔物語集》的不少，如：

〈羅生門〉取自〈羅城門登上層見死人盜人語〉。
〈鼻〉取自〈池尾禪珍內供鼻語〉。
〈芋粥〉取自〈利仁將軍若時從京敦賀將行五位語〉。
〈運〉取自〈貧女仕清水觀音值盜人夫語〉。
〈好色〉取自〈平定文假借本院侍從語〉。

一九二七年，芥川龍之介曾寫了一篇〈今昔物語鑑賞〉（收入新潮社《日本文學講座》），充分闡述《今昔物語集》所包含的豐富及自由奔放的野性美。

將歷史材料消化成爲自己的文學作品，芥川龍之介學習了森鷗外、夏目漱石的手法，卻也展現了不同的特色。

〈戲作三昧〉（一九一七年在《大阪每日新聞》連載）取材自近代文學史料，與前述作品的作風迥異。這一篇作品的主人翁是以《南總里見八犬傳》成名的瀧澤馬琴（一七六七～一八四八年）的生平爲主軸，使這一名歷史人物又鮮明的復活過來。

瀧澤馬琴出生於低階武士家中，從小熱中文學，後來師事山東京傳修習寫作。晚年雙眼失明，卻能獲得媳婦的筆錄，完成鉅著《南總里見八犬傳》而傳世。這一部小說的架構來自《水滸傳》；而瀧澤加入武士精神的仁、義、禮、智、信、忠、孝、悌八大德且豐富了小說的內容。瀧澤在強烈使命感以及對藝術生命的執著下完成偉業，這便是芥川龍之介內心中「至上藝術主義」所在。[6]也可以說，「戲作三昧」寫的人物幾乎等於芥川龍之介自己。

發表於一九一八年的〈信教人之死〉乃是以十六世紀末到十七世紀，葡萄牙、西班牙人在九州、本州南部傳播西洋宗教，外國傳教士慘遭迫害的歷史爲題材；〈開化的殺人〉（一九一八年發表）則又以十九世紀明治維新時期爲歷史背景。

天馬行空，才氣洋溢的芥川龍之介的作品雖然大多以短篇小說形式呈現於人間，然而，他筆下的歷史小說，不論年代如何不同，如同評論家吉田精一指出的，他一直深刻的「掌握人性的光芒」，又能堅守「出於善良人性的創作態度，每一篇作品各自展現不同風格和形式。」[7] 芥川文學之成爲同時期的翹楚，自有其令人肯定的原因。

翻譯過芥川龍之介作品的金溟若指出，芥川的寫作文字，除了日文一般的口語體、敬語體以外，更廣泛涉及「漢文直譯體、敬語書簡體」以及「語譯平家物語體、基督教經典體、日本古典物語體」[8]，同一作家的文筆運用，芥川也是空前。可惜，這些精采文字無法精準的譯成中文。

芥川的文學觀在一九二〇年以後，逐漸發生變化。其中的一個重要因素乃是馬克斯主義傳入日本，重大的影響了日本的文化、思想的發展；芥川龍之介建立的藝術美、藝術至上產生動搖。格言集的《侏儒語錄》（一九二三年起連載）中的〈創作〉，便以現實社會爲題材。〈保吉的記事簿〉（一九二三年）則有自傳體（日文所謂「私小說」）的傾向。[9] 加以多種身體病痛纏身，尤其是神經衰弱和不眠症，對創作活動極爲不利。這些因素或多或少也造成他過量服安眠藥而身亡。

（四）

芥川龍之介的文壇地位如何，評論家吉田精一斬釘斷鐵的宣示：「大正時期（一九一二～

二六年）日本文壇最爲重要人物之一，當然首推芥川龍之介。」[10]

謝六逸在一九二九年就評價他：

具有天才，博聞強記。他的作品，取材清新而博洽，觀察警拔，修辭精練，表現巧妙。〈羅生門〉、〈地獄變〉……等，都是苦心鍛鍊的佳作。[11]

知性兼理性以及藝術至上的力量，乃是建構芥川文學的三大因素。[12]這些因素在芥川的青年時代便有了強烈的認知。據芥川友人之一的室生犀星的觀察，芥川不承認吟唱詩句、雅好字畫的人便是文人；眞正的文人乃是出自內心，建立自我風格，氣質上隱藏著縹渺、古樸和詩情。尤其芥川能夠靈巧的利用文學的利爪，在複雜的木紋和茫茫人海中耙梳出微妙的新奇的元素。[13]

經過西洋文學洗禮的芥川龍之介，如室生犀星所說，他獨具慧眼，可以巧妙的運用豐富的歷史材料；但另一面，其成功在於自我風格的建立。這一點，稍前的島崎藤村，同時代的佐藤春夫也大致相同。[14]

就日本近、現代文學發展源流而言，正如評論家中村光夫所說的，以森鷗外，夏目漱石等人爲主的傑出作家爲近代文壇打造了堅固的基礎；數十年後，到二十世紀初期，與過去大器晚成的文風大不相同的，芥川龍之介、菊池寬、久米正雄這些文壇新星都是二十幾的青年。兩者的特色有所謂「播種期」和「收穫期」的區分。[15]

芥川龍之介幸運的誕生於有利的文學條件之環境下，自幼年起觸動其超人的文學靈感，在短暫的生命中，完成了「藝術至上」的重大使命。三十歲以後，在社會變化、時代遷移和體力不支的許多情況下，芥川選擇了生命的結束。[16]

芥川龍之介的死，造成當時日本舉國上下的震憾。而此後，芥川的作品一直普受日本人的喜愛，所有作品一再重新排印出版，目前的「文庫本」（口袋書）以文藝春秋社、新潮社爲主，年年長銷。《芥川龍之介全集》更有兩種版本，即岩波書店的二十四卷本及筑摩書店的八卷本。

芥川好友菊池寬（「文藝春秋社」創立者）爲他設立的「芥川獎」於一九三五年頒出第一屆「芥川獎」（得獎者石川達三），迄今已頒出一百三十七次（二〇〇七年八月，得獎者諏訪哲史）。「芥川獎」竟成爲支撐現代日本文學發展的一股最大力量，其貢獻之巨大，在世界各國文化史上事實十分稀有。[17]

廣受日本人愛讀的芥川作品，初版《羅生門》（阿蘭陀書房）售價一百二十萬日幣，《三件寶物》（改造社）二十五萬日幣。親筆書簡集一冊在舊書店標價六百五十萬日幣。[18] 這些價格多少也反映讀書人對芥川的崇敬。

長時期居住過的田端，除了芥川龍之介以外，也住過菊池寬、堀辰雄、萩原朔太郎、土屋文明等文人，一九九三年，「田端文士村紀念館」開幕，成爲東京唯一的「文士村」。「日本近代文學館」也蒐集不少芥川的原稿及初版作品。此外，「輕井澤高原文庫」、「山梨縣立文學館」也有部分文學資料陳列在這裡。

彗星般消逝於人間的天才作家芥川龍之介，雖然已去世八十年，在日本讀者心中，芥川好像是同時代的作家一般的深具親近感。此種現象，似乎還要繼續維持下去。

注

1 島內景二：〈評傳・芥川龍之介〉，收入《文豪NAVI芥川龍之介》，一〇四頁。新潮文庫，二〇〇四年十一月。

2 奧野健男：《日本文學史》九一頁。一九七〇年三月，中央公論新社。

3 木曾義仲。即源義仲（一一五四～一一八四年）。平安時代末期武將，召幕府將軍源賴朝堂兄弟，以政變事引發更大戰亂而身亡。

4 引用臼井吉見：〈芥川龍之介傳〉，收入《芥川龍之介集》，第六頁。文藝春秋社，一九六六年六月。

5 吉田精一：〈羅生門、鼻評介〉，收入《羅生門、鼻》（新潮文庫），新潮社，一九六八年七月。

6 三好行雄：〈芥川龍之介、人と文學〉，收入《羅生門、鼻》（新潮文庫），新潮社，一九六八年七月。

7 吉田精一：《現代日本文學史》，一〇〇～一〇一頁。筑摩書房，一九六五年十月。

8 金溟若：〈代譯序〉，收入《羅生門、河童》，志文出版社，一九六九年八月初版，二〇〇五年七月重排版。

9 同注6。

10 同注7，一〇〇頁。

11 謝六逸：《日本文學史》，下卷，一〇〇頁。北新書局，一九二九年九月。

12 中村光夫：《日本の近代小説》，二〇四頁。岩波書店，一九五四年九月。

13 室生犀星：〈芥川龍之介の讀本卷頭に〉，《芥川龍之介讀本》，七～八頁。三笠書房，一九三六年三月。

14 佐佐木基本：〈現代日本小説〉，收入《近代文學入門》，一七七頁。角川書店，一九六〇年五月。

15 中村光夫：《近代の文學と文學者》，三六三～三八五頁。朝日新聞社，一九七八年一月。

16 同注7，九五～一〇一頁。

17 參考〈日本文學振興會小史〉，收入《文藝春秋七十年史》（本篇），文藝春秋社，一九九一年十二月。

18 八木福次郎：〈芥川百年誕辰〉，《產經新聞》晚報，一九九二年七月十七日。

東方智者——川端康成

（一）

川端康成之所以聞名於全世界，這固然與他獲得諾貝爾文學獎有關；此外，川端康成經歷人間少有的悲慘少年時期；乃至功成名就之際，卻選擇了以「自殺」方式結束生命；這些傳奇式因素，或許也增添了人們對他的關注。

在多如繁星的近、現代日本作家之中，川端康成或許不是唯一或最好的一位；然而，川端文學確是傑出的。

在吸收大量的日本古典和現代文化營養之後，川端康成在青年時代便展露其文學才華，那獨特的抒情筆調以及具有深度的心理描寫，使他很快在文壇占有一席之地，這就是後來他被認定為「新感覺派」作家的理由。[1]

然而，川端康成的成就或許不止於此。

川端文學超越了一般文學表現，達到哲學的層次。川端康成在追悼作家橫光利一的儀式上曾經敘述：

橫光先生，您是象徵東方的星辰，放射光芒，然後殞落。……您曾期盼東方的無，也窺伺了東方的死！

日本文學評論家，也是川端康成摯友的北條誠說，此處的「東方」其實印證在川端康成身上也十分恰當，尤其是對佛教的造詣。作家川端康成一生熱愛他的祖國日本的大自然，卻又回歸到東方的境界。[2]

綜觀川端康成一生的成就，他是小說家、藝術家，更是一名東方的智者。

（二）

作家川端康成出生於一八九九年（明治三十二年）六月；出生地是大阪市天滿此花町。父親川端榮吉，是一名醫生。上有姊姊芳子。

一八九九年是日本「明治維新」逐漸開花結果的年代，這前後發生了「甲午戰爭」、「日俄戰爭」。文化界名人也連續出現。

從幼年到少年時期，家中親人一個一個病故。兩歲喪父、三歲喪母。成爲孤兒的幼年川端康成由外祖父、母扶養；姊姊芳子則寄養在伯父家，四年後又去世。七歲時，祖母去世，此後十年左右與外祖父過著一老一小的孤寂日子。十六歲時外祖父去世，遂投靠到伯父家。

接連不斷的不幸一直降臨到川端家，使川端康成自幼年時期起染上灰色情緒，對人生體驗也異於常人；當然，這一切也映照在他的文學作品之中。

長期處於孤獨、感傷情緒中的少年川端康成，就讀豐川村小學、大阪府立茨木初中；接著順利考進第一高等學校（大學預科），一九二〇年升入東京帝國大學（現東京大學）英文系。

具有文學天分的川端康成，自中學時代起已呈現出不凡的表現，這從他的《十六歲日記》可以窺見一二，並且，此時，他已集合一部分同好切磋寫作，也嘗試投稿。而高中二年級秋日的伊豆旅行也成為他代表作之一的《伊豆的女伶》的時空背景。

二十歲（一九二〇年）升入東京帝國大學（現東京大學）英文系。此時認識日本文化界重要人物的菊池寬，並參與《新思潮》雜誌的復刊。翌年，由英文系轉學國文系（即日文系），透過菊池寬而認識了橫光利一、久米正雄、芥川龍之介。這一年，在《新思潮》發表了短篇小說〈婚約〉。此後，已陸續展開他的創作活動。

一九二三年，菊池寬創刊了《文藝春秋》（月刊）。這是一份綜合性文藝雜誌，創刊當時只有薄薄的二、三十頁，如今每期有四百餘頁，後來擴充為出版社，更設立了「芥川獎」、「直木獎」，對日本文學發展貢獻卓著。川端康成自這本雜誌創刊便成為作者，也參與編輯工作。同年九月一日發生了「關東大地震」，當時川端康成雖住在東京大學附近，所幸平安無事。

川端康成於一九二四年間東京大學畢業，畢業論文〈日本小說史小論〉。次年十月，與片岡鐵兵等人創刊《文藝時代》；並開始刊登「短篇集」。

大學畢業以後，作家即開始展現旺盛的創作力。短期居住伊豆湯島時，寫下有關溫泉地的散文，又連續在《文藝春秋》發表了〈十六歲日記〉、〈十六歲日記・續篇〉；以及〈白色滿月〉等。翌年（一九二六年）一月，名作《伊豆的女伶》[3]開始連載；短篇小說集《感情裝飾》由金星堂出版。

在住家方面，川端康成年輕時頻頻搬家，住過杉並、大森、上野各地。一九三六年自東京移居古都鎌倉，一九四六年搬進寬敞又風雅的自宅，並在院子種了一排北山杉。

一九二七年，創刊了所謂「一頁散文雜誌」《手帖》；短篇小說集《伊豆的女伶》由金星堂出版。翌年（一九二八年）在《文藝春秋》發表〈死者之書〉。此時，受作家尾崎士郎之邀而移居大森，附近還住有廣津和郎、室生犀星等人。

到了三十歲這一年（一九三〇），出版了短篇小說集《我的標本室》及《有花的照片》、《淺草紅》，前兩書係由文學專門出版社的新潮社推出。這一年，川端康成開始擔任文化學院講師，也參加中村武羅夫等人的「十三人俱樂部」。

翌年，作品被收入改造社「現代日本文學全集」中的《新興藝術派文學集》。小說〈水仙〉發表於《新潮》。接下來的一年（一九三二年），作品又被春陽堂「明治大正文學全集」中的《現代作家篇》收入。〈淺草的九官鳥〉、〈化妝與口哨〉分別在《摩登日本》及《朝日新聞》

（晚報）連載。

川端作品之被改編成電影是一九三三年的《伊豆的女伶》。是年，出版了短篇小說集《化妝與口哨》；也與武田麟太郎等人共同創刊了《文學界》雜誌。

一九三四年是作家川端康成豐收的一年。改造社出版了《水晶幻想》（短篇集）以及《川端康成集》（第一卷）。《抒情歌》則由竹村書房出版。這一年，加入了新成立的「文藝懇話會」，成爲會員。次年（一九三五年）開始擔任「芥川獎」評審委員。《禽獸》由野田書房出版；《淺草姊妹》改編成電影。

到了一九三六年，《文藝懇話會》（雜誌）創刊，川端康成也加入基本作者群。是年出版了《純粹之聲》（沙羅書房）、《花的華爾滋》（改造社）。同一年開始擔任「新潮獎」、「池谷信三郎獎」評審委員。在東京幾經遷居後，這一年搬到古都鎌倉。

一九三七年，短篇小說集《雪國》由創元社出版，《女兒心》則由竹村書房出版。同年，獲得「文藝懇談會獎」。翌年（一九三八），改造社推出《川端康成選集》（共九卷），作家川端康成三十八歲。這一年就任「日本文學振興會理事」。

翌年（一九三九）擔任「菊池寬獎評審委員」，五月，參加「少年文學懇談會」組織。十一月出版了《短篇集》（砂子屋書房）。接下來的一九四〇年，由新潮社出版《花的華爾滋》（昭和名作選集系列）、改造社出版《川端康成集》（新日本文學全集系列）。短篇集《正月三日》

由新聲閣出版。

隨著日本軍閥擴張戰爭，日本許多文人也被捲入。川端康成於一九四一年春天赴中國大陸東北（滿州）；秋天又由「關東軍」安排前往視察。年底，日軍轟炸夏威夷而引起第二次世界大戰。這一年出版了《小說的構成》（三笠書房）、《愛戀的人們》（新潮社）。

一九四二年出版了散文集《文章》（東峰書房）、短篇小說集《高原》（甲鳥書林）。河出書房則推出「三代名作集」的《川端康成集》。是年八月，與島崎藤村、志賀直哉共同創刊《八雲》（季刊）。

戰事的升高，文人開始被徵召。一九四五年，川端康成被任命參加「海軍報導班」，前往九州的鹿兒島。在戰爭中，文人生活開始發生經濟困難，川端康成結合了久米正雄、小林秀雄、大佛次郎、永井龍男等居住在鎌倉的作家共同開了一家租書店「鎌倉文庫」，以賺取生活費。這一家名作家共同經營的奇特租書店存在一年七個月之久。[4]

戰爭的結束似乎爲川端康成帶來良好的契機。一九四六年，由租書店轉型爲出版社的「鎌倉文庫」創刊了雜誌《人間》，創刊號刊登了川端康成的〈女子的手〉。這一年，川端康成結束在鎌倉搬遷數次以及長期租屋的生活，將廣大的租屋（寬一千坪）購入，並加以整修、佈置。從京都移植杉木；爲了防止背後小山風景被破壞，因此同時一併買入成爲個人財產。

翌年（一九四七）推出修訂版《女性開眼》（永晃社），也出版了《抒情歌》（創元社叢書）。到了一九四八年，也就是四十八歲這一年，作家已有指標性的收獲成果，是年新潮社開始出版多達十六卷的《川端康成全集》；而代表作《雪國》也由創元社出版。同年六月就任「日本筆會」會長。

一九四九年五月發表〈千羽鶴〉，十二月出版了短篇集《哀愁》（細川書店）。這一年開始擔任「芥川獎」及「橫光利一獎」評審委員。翌年（一九五〇）再度與作家朋友考察長崎、廣島遭原子彈爆炸災情。八月，出版了《淺草物語》（中央公論社）。

一九五二年，作品《千羽鶴》獲「藝術院獎」。前一年（一九五一）則出版了《舞姬》（朝日新聞社）。翌年（一九五三）出版了《再婚者》（三笠書房）。並且由角川書店推出「昭和文學全集」系列的《川端康成集》。也由中央公論社出版了《日與月》。八月，新潮社出版了「新潮社版長篇小說全集」系列的《川端康成集》。十一月，膺選爲「藝術院會員」。

作家五十歲的一九五四年，出版了《河邊小鎮故事》（新潮社），《山音》（筑摩書房）。《山音》這本作品獲得「野間文藝獎」。翌年（一九五五）出版了《湖》（新潮社），短篇集《略微》以及《東京的人們》（新潮社）。是年筑摩書房也推出「現代日本文學全集」系列的《川端康成集》。一九五六年新潮社出版了《川端康成選集》（共十卷）；同年在《朝日新聞》連載《女人》。這一年英譯本《雪國》在美國出版；德譯本《千羽鶴》在德國出版。

擔任「筆會」會長的川端康成於一九五七年三月赴歐洲參加世界筆會活動；九月則負責籌劃

在東京舉辦的世界大會，並因此榮獲「菊池寬獎」。翌年（一九五八）出版了《富士初雪》（新潮社》，筑摩書房又推出「新選現化日本文學全集」系列的《川端康成集》。秋天，因膽結石住院治療。

一九五九年赴德國參加世界筆會，獲德國頒贈勳章，並就任「世界筆會」副會長。《颱風街道》由角川書店出版。是年，新潮社逐冊推出《川端康成全集》（共二十卷）。一九六〇年應邀赴美國考察，七月赴巴西參加世界筆會。這一年獲法國政府頒贈「藝術文化勳章」。

到了一九六一年，乃是川端康成功成名就的一年。十月，他獲得日本人在文化、藝術成就最高榮譽的「文化勳章」。而同一年，講談社推出「日本現代文學全集」的《川端康成集》，角川書店也推出「新版昭和文學全集」的《川端康成集》。翌年（一九六二），代表作之一的《古都》（新潮社）出版。這一年，與湯川秀樹（諾貝爾物理獎得主）等人共同發表「和平聲明」；並獲得「每日出版文化獎」。

一九六三年河出書房新社出版「現代文學」系列的《川端原成集》；也開始擔任「女流文學獎」評審委員。翌年（一九六四）；講談社出版了《川端康成短篇全集》，筑摩書房則推出「現代日本文學大系」的《川端康成集》。

擔任數年的「日本筆會」會長，於一九六五年辭去。翌年（一九六六）出版散文集《落花流水》（新潮社）。具有文化使命感的川端康成，一九六七年針對中國大陸的「文化大革命」與三島由紀夫、石川淳、安部公房共同聲明學術、藝術的自主性價值。

一九六八年，六十八歲的川端康成步上人生的顚峰，成爲日本人第一個獲得諾貝爾文學獎的作家。在領獎典禮上發表了地寫作精神內涵的〈美的日本與我〉。翌年（一九六九年）年初由歐洲回到日本。三月赴美國檀香山；四月獲聘爲「美國文藝院士」；五月在夏威夷大學演講「美的存在與發現」。新潮社版《川端康成全集》開始逐冊出版。六月，獲頒夏威夷大學榮譽文學博士。九月，參加日本移民舊金山百週年紀念，並發表〈日本文學之美〉。

川端康成於一九七〇年六月前來台北參加亞洲筆會；接著又趕往韓國出席世界筆會。一九七一年，發表了單篇〈三島由紀夫〉、〈書〉、〈隅田川〉……等。

一九七二年三月，作家川端康成因急性盲腸炎住院治療，一週後出院。四月十六日，在逗子的工作室以瓦斯自殺，結束著作等身的一生。

作家去世後的第二年（一九七三），相繼出版《竹之聲桃之花》（新潮社）、《現代日本文學相譜・川端康成》（學習研究社）、《定本、圖錄川端康成》（世界文化社）。

(三)

寫下代表作《伊豆的女伶》、《雪國》、《古都》以及無數精采作品的作家川端康成，更因此而取下諾貝爾文學獎的榮冠。

作家川端康成的幼年和青年時代是孤獨而悽慘的。學校教育和文學救贖了他。二十歲那年開始，幾乎每一年都前往伊豆；由於途中和賣藝團體的遭遇，終於醞釀出在青春氣息中散步人間溫暖的《伊豆的女伶》。日後改編成電影，三次先後由吉永小百合、內藤洋子、山口百惠三人擔綱，可能也寫下另一項紀錄。此外，「伊豆」如今與十七世紀俳人松尾芭蕉留下的「奧之細道」一般的，成為日本一條重要的文學旅途。

相較於《伊豆的女伶》的青春氣息，《雪國》開始散發的濃郁的抒情，如同作家伊藤整所指出的，《雪國》的文字描寫，可以上溯日本古典的《枕草子》。在描寫技巧方面，川端康成將具體現象省略而摘取美的菁華，成為《雪國》獨特的文采。[5]

當然，在文學批評家中，也有稍持負面看法的。他們認為包括川端康成在內的「新感覺派」，受到「西歐前衛藝術所影響，強調用敏銳的感覺來掌握取材對象的表現技巧」，其文學效果還有待商確。[6]

二次大戰帶來作家川端康成極大衝擊。他被派到九州南端一處空軍基地，親眼目睹少年兵開飛機為國殉死的一幕。也在這前後時失去了親密相處的文人朋友；菊池寬、橫光利一、武田麟太郎……等。

經過一段時間的沉澱思考，作家的寫作風格明顯轉向追求日本古典美的清流，其原點正是《源氏物語》。此後出現了《古都》、《水晶幻想》、《舞姬》正是這樣的產物。[7]

代表作之一的《雪國》，則展現了另一種風貌和性格。這一部以本州偏北地區，冬季冰雪紛飛的愛情小說，則清晰的接連了日本古典文學《枕草子》的文化命脈。文中不斷的湧現日本和歌（五、七、五、七的音韻）的文學特色。[8]對於人物的描寫，他又獨具一格。

日本作家竹西寬子對川端文學賦予兩種評價：[9]

一、就描寫技巧而言，川端康成驅使了「感覺」與「直觀」，而形諸於筆端。

二、川端康成乃是現代文學作家之中，將日本文化的「美」，加以集大成的重要人物。

翻譯家金溟若更指出日文原文作品具有極大特色：[10]

川端康成所寫的，是最美麗的日本文。他把日本語言的優點，可說是運用到了極點。有些語言在日本話中可以不必明白交代，說話人能把自己的心意朦朧地傳達給對方，或者藉無聲來表現眞情，讓聽的人感到無聲勝有聲的激動。……川端康成卻運用自如，有著圓潤的快感。

當然，當《雪國》或其他作品被譯成外國文字時，川端文學的此種特色也隨著消失。雖然，在長期創作生涯中，其創作基調其實具有風格一貫的特點。[11]

（四）

作家川端康成在長期從事小說創作之後，又遭遇了巨大變化的戰爭體驗。二次大戰末期，他被徵召至九州南端的鹿兒島機場擔任「海軍報導員」。在這裡，親眼看到無數的少年特攻隊出生入死，也看到美軍的轟炸。

戰爭的原體驗，使川端康成逐漸轉向抽離現實的寫作方向，也深思日本歷史傳統中的「美」。這在他的作品〈哀愁〉，以及諾貝爾文學獎受獎典禮中均已充份展現這一項事實。[12]

前後，川端康成選擇和三島由紀夫一樣以自殺結束生命，使日本社會大為震驚。川端康成相關的資料，史料分別在近代文學館、鎌倉文學館，以及新潟縣湯澤町都有陳列。當然，他的作品依然在新潮社等出版社以各種不同版本發行，至今仍然有大量讀者。

一九七三年，台北歷史博物館曾舉辦一次「川端康成文藝生涯展」，川端夫人及日本前首相佐藤榮作夫人聯袂出席，寫下兩國文化交流的一頁。

一九八五年，作家出生地更設立了「茨木市立川端康成文學館」，不僅收藏了大量川端的資料、史料，也推展相關文化活動，成為當地重要文化設施。

注

1 山本健吉：〈解説〉，收入川端康成《伊豆の踊子・花のワルツ》旺文社文庫，一九六五年七月，旺文社。
2 北條誠：〈東方巡神者〉，收入《太陽》（特集，川端康成），一九七二年七月。
3 《伊豆の踊子》描寫當時巡迴各地表演以營生的舞劇團，「踊子」指年輕的女性表演者。中文譯本譯為「舞孃」似乎不妥。
4 鹿兒島達雄：〈貸本屋鎌倉文庫始末記〉，收入《本周邊》，文化出版局，一九七七年四月。
5 伊藤整：〈雪國について〉收入《雪國》（新潮文庫），新潮社，一九七四年七月。
6 見周佳榮：《近代日本文化與思想》，一二四～一二五頁。商務印書館香港分館，一九八五年二月。
7 小田切進：〈戰後の川端康成〉，收入《太陽》（特集、川端康成），一九七二年七月，平凡社。
8 同注5。
9 竹西寬子：〈川端康成，人と作品〉，收入川端康成《雪國》（新潮文庫），一九四七年七月，新潮社。
10 金溟若：〈川端康成的《雪鄉》〉。川端康成著、金溟若譯、水芙蓉出版社、星光出版社聯合印行，一九六九年一月出版。

11 山本健吉〈解説〉，收入川端康成《伊豆の踊子、花のワルツ》（旺文社文庫），一九六五年七月出版，旺文社。

12 同注7。

平民作家——松本清張

(一)

現代日本文學作家之中，最具平民色彩的應該是吉川英治和松本清張兩人。吉川和松本兩個人沒有堂皇的學歷，也都出身貧苦家庭；吉川英治擅長改寫歷史小說，他的《宮本武藏》迄今依然廣受日本人愛讀；而松本清張的寫作領域極廣，從純文學作品，到歷史小說，乃至考古學論文，都有豐富的成果；而在現代日本推理小說之中，他也占有重要地位。

出生於九州鄉下的松本清張，在小學畢業後被迫去做童工；在日後的回憶文字中，松本提起當時最怕在路上遇到穿著中學生制服的小學同窗，因爲自己會感到一股羞恥和無奈。稍後轉到一家中小企業當工友，內心期盼早一天升爲小職員；卻又被送餐來的一個日本料理店小學徒嘲笑當工友眞沒出息！[1]

自幼年起，長期生活在社會底層的困苦環境中的松本清張，他的許多作品，如同作家森村誠一所說的：「從強烈的內省力擴散出來，藉由巧妙的寫作材料的蒐集和分析透過筆端，展現出時代先驅者的才華。」[2]因此，森村誠一強調：松本小說是與托斯妥也夫斯基、巴爾札克、海明威同一級的，遺憾的是松本不是英、法文國家的作家。

四十五歲前後，在經歷太久的沉澱期以後，松本清張終於爆發性的大量推出各種作品，也很快的奠定在文壇的地位。儘管如此，他極少與文人、作家交往，一直以不斷發掘自己、鞭策自己爲努力目標。[3]

評論家鶴見俊輔指出，大家認爲松本清張的作品是小說；也許松本本人並不同意。至少，吾人可以觀察到「文學」絕非松本清張的眞正目的，「人生」才是他的眞正目的。從這個觀點來看，松本清張乃是日本作家中比較奇特的一位。[4]

（二）

松本清張出生於一九〇九年（明治四十二年）十二月。誕生地是福岡縣企救郡板櫃村，亦即現在的北九州市小倉北區。上有二名姊姊，但都在嬰兒時夭折，因此他成爲獨子。清張原以Kiyoharu發音，寫作後改以Seichou成爲筆名。

乃父原名田中峰太郎，係鳥取縣日野郡人，家貧，至松本家做養子，因此改姓松本。乃母是廣島縣賀發郡農家女。

由於家中貧窮，居無定所。父母努力做一些小生意（賣餅、賣魚等），但總是入不敷出，乃父爲一家三人而疲於奔命。

七歲這一年（一九一六年）進入下關的菁莪尋常小學就讀，翌年轉入天神島尋常小學。至小學畢業爲止，一家依然在困頓中過日，三餐勉強可以度過。乃父在警察局當過工友，因此對時政及法律很有興趣，也嗜讀通俗歷史小說，特別是冬天的夜晚，在日本式矮桌上（可以取暖）朗讀豐臣秀吉的故事，其神態聲音使少年的松本清張留下深刻印象。（豐臣是個貧苦出身的戰國時代武將）

一九二二年，松本清張進入板櫃尋常高等小學（短期職業科），並於兩年後（一九二四年）畢業。這期間，乃父向親友借了一些錢開了一家小餐館。

自「高等科」畢業的少年松本清張，爲了找生活而進入「川北電氣」公司當小工。總共幹了三年。在這裡，他盡量利用工作之餘的時間，大量閱讀「春陽社文庫」以及「新潮社」的書籍，尤其是芥川龍之介的作品，必定搶先購入閱讀。菊池寬創辦的《文藝春秋》更引起他的濃厚興趣。[5]

在「川北電機」工作三年，公司因景氣不佳而倒閉。不得已，在小倉的軍營旁做個小生意，賣些餅乾、麵包給前來面會的家屬。這時期，松本清張結交了一些喜愛文學的勞工朋友，互相切磋寫作技巧。他自己模仿芥川龍之介的文體而寫了一些習作。

爲了擁有一技之長，乃母勸他去「高崎印刷所」當學徒。這時，松本清張已經十九歲。翌年（一九二九年），因爲與文友訂閱左派文學刊物《文藝戰線》、《戰旗》，被警察局拘禁了十幾天；乃父遂將他的藏書燒得精光。

在印刷廠期間，他學會了石版印刷、平版印刷技術，日後成爲他進入「朝日新聞社」工作的契機。

由於收入稍稍安定，一九三六年（二十七歲），松本清張於十一月結婚，不久，「高崎印刷所」老闆去世，又使松本清張爲前途而煩惱。

結婚後的松本清張離開印刷廠，準備自己開店。一九三七年十月，他幸運的被「朝日新聞社、九州分社廣告部」錄用爲廣告設計人員。這次的成功，是松本清張自己寫信給「九州分社」負責人原田種一郎而受到提拔的。

在多年奮鬥以後，一九四三年一月，終於成爲《朝日新聞》的正式「社員」。此時正是第二次世界大戰戰況不斷升高的時期，松本清張被徵調至九州久留米當兵三個月。翌年（一九四四年）六月，奉命正式入伍當衛生兵，被派至韓國漢城（首爾）附近，後來又被調至全羅北道井色，並在此地知道日本戰敗投降。

戰爭結束後的一九四五年十月，松本清張返回九州，先在妻子娘家寄居，不久搬進一處兵工廠員工宿舍。共有六、四點五和三個榻榻米大的房間三個。這時家中已有二男、一女。

報社的薪水微薄，不得不設法賺外快。賣過掃把，也到處爲別人設計廣告。一直到一九五〇年，松本清張才出現了生命的曙光，他寫的〈西鄉鈔票〉入選《週刊朝日》的第三名。這一篇小說翌年又成爲「直木獎」候補。四十二歲的松本清張在文壇的起步是稍慢了一些，但日後他自己說，寫小說完全爲了討生活（那篇小說獲得十萬日幣獎金）；不過意外的得到大佛次郎等人的鼓勵，也因此認識了火野葦平等人。這次得獎也是松本清張第一次來到首都——東京。

自此，文學創作慾已在松本清張起動。一九五二年，在同仁誌上發表了〈記憶〉以及〈小倉日記傳〉。這一篇〈小倉日記傳〉在次年（一九五三年）的「直木獎」中成爲候補作，卻意外的被「芥川獎」評審看中而得獎。同一年（一九五三年）被調到「朝日新聞社」東京總公司，一個人寄居在親戚家；作品《戰國權謀》出版。

調至東京半年後全家搬到東京練馬區，全家八人擠在一間六個榻榻米大以及兩間四點五榻榻米的狹窄住宅。這一年（一九五四年）出版了《奧羽兩人》。一九五五年則推出了：《德川家康》、《追求惡魔的女人》、《西鄉鈔票》。

至此，松本清張的寫作已趨穩定，於一九五六年五月辭去報社工作，以便專心寫作。簡直像大量儲存的能量一下子爆發出來一般的，從此，不管歷史小說、描寫現實社會的作品、乃至推理小說，一本又一本，連綿不斷，令愛讀者應接不暇。

到了一九五七年，以短篇推理小說集《面貌》獲得「日本偵探作家俱樂部獎」；從此又開創松本清張的另一條寫作路線。數年來的收入也使松本有經濟能力在練馬區蓋了一棟房子。這一年出版的小說有：《佐渡流人行》、《大奧（內）婦女記》、《野盜傳奇》、《亂國春秋》、《白闇》、《決戰川中島》（少年小說）、《詐欺舟板》。

翌年（一九五八年）推出的《點與線》，原本在雜誌《旅》連載，集成單行本後立刻成爲暢銷書，這使作家本人大爲興奮。《點與線》雖然是所謂「推理（偵探）小說」，但描寫的人物，情節和發生地點，都是日本人十分熟悉的，簡直就像身邊發生的事。這樣的創作路線，奠定了松本清張被封爲「社會派小說作家」的地位，是年出版的作品有：《亂雲》、《眼之壁》、《黑地繪畫》、《小說日本藝譚》、《無宿人別帳》、《裝飾評傳》、《紅梳子》、《信玄軍記》。

大量作品的產生，已使松本清張不堪負荷，自一九五九年起，不得不將一部分作品以口述方式託人幫忙完成。這一年的作品有：《危險的斜面》、《陰謀將軍》、《暗中監視》、《啾吟》、《斷碑》、《眞似森林》、《紙牙》、《青色描點》、《刃像》、《小說帝銀事件》、《零的焦點》……等。總之，歷史小說、推理小說、純創作小說，一本又一本不斷問世。出版社當然包含：新潮社、文藝春秋社、講談社、角川書店、筑摩書房、光文社等各大出版社。

在小說創作以外，一九六〇年松本清張更開始撰寫《日本黑霧》系列，內容以發掘日本存在問題並反省、檢討等相關內容。這一年出版的小說有：《黑樹海》、《空白的設計師》、《波之塔》、《點與線》。

在大量生產下，一九六一年終於登上日本小說作家最高所得寶座，完全擺脫四十五歲以前那種困頓生活。此後，幾乎都維持高所得的地位。這一年出版的作品有：《霧旗》、《影子地帶》、《幕末動亂》、《黃色風土》、《砂之器》、《影子本》、《驛路》、《黑色福音》、

《高中殺人事件》。功成名就的松本清張也在這一年擔任「直木獎」評審委員，並在杉並區修築寬闊舒適的住宅。

一九六二年完成的小說有：《球形荒野》、《風的視線》、《不安的演奏》、《深層海流》、《時間的習俗》、《連環》、《小壞蛋》。翌年（一九六三），講談社出版了《松本清張短篇總集》，光文社也推出《松本清張短篇全集》，其他還有：《僞造鈔票》、《球形荒野》、《神與野獸的日子》、《現代官僚論》、《眼睛的氣流》、《青色斷層》、《火繩》。這一年獲得「日本媒體從業員會議獎」；也就任「日本推理作家協會」理事長。

松本清張第一次遠行外國是一九六四年四月，從北歐到中歐、南歐，幾乎到過每一國，使他大開眼界。這一年出版的作品有：《殺意》、《聲》、《絢爛的流離》、《彩霧》、《青春的彷徨》、《鬼書》、《天保圖錄》、《陸行水行》、《不開花的樹林》、《來自遠方的聲音》、《北方詩人》、《誤差》。

繼歐洲之旅以後，一九六五年四月又前往中東各國旅遊並蒐集寫作材料。是年的作品有：《共犯者》、《彩色江戶剪紙畫》、《昭和史發掘》、《草的陰刻》……等。

松本清張於一九六六年加入反對越戰行動，展現其人道關懷。是年出版的著作有：《落差》、《私說，日本合戰譚》、《逃亡》（上、下）、《溺谷》、《貝魯特情報》、《不當複寫》、《變色禮服》、《黑色福音》、《前半生回憶》、《花冰》、《突風》。

翌年（一九六七年），松本清張獲得「第一屆吉川英治文學獎」。出版的作品有：《天保圖錄》、《昭和史發掘》（系列）、《砂漠之鹽》、《地之骨》、《統監》、《二重葉脈》、《死枝》。一九六八年一月赴古巴出席文學會議，二月赴當時南北分隔的北越訪問，並曾會晤北越總理。十月赴荷蘭、比利時、英國旅遊。這一年出版的作品有：《紅色江戶故事》、《無力蟲》、《火的虛舟》、《偵探系譜》、《火與汐》、《D的複合》、《海內所見》、《中央流沙》。一方面，作品也被收入人物往來社的「歷史文學全集」（二十一），以及講談社的《現代長篇文學全集》（三十一）。

光文社出版的松本清張作品，到一九六九年初已累計售出一千萬冊，開創一項出版界新紀錄。五月，松本清張赴寮國旅行，年底則與妻子兩人旅遊東南亞。出版的作品有：《蘆葦浮船》、《內海之輪》、《分離的時間》、《小說東京帝國大學》。一九七〇年，又獲得「菊池寬獎」。出版的作品有：《證明》、《阿姆斯特丹殺人事件》、《虛線的構圖》、《鷗外之婢女》、《人的水域》。此外，重版、改版的作品歷年一直重複出現。

專業寫作已近二十年的松本清張，作品數量已累積十分龐大，一九七一年，文藝春秋社開始編印《松本清張全集》（第一期），至一九七四年五月完成，共三十八卷。一九七一年出版的還有：《強力螞蟻》、《梅雨與西洋浴室》、《未問場所》等。翌年（一九七二年），撰寫了舞台劇本《日本改造法案》，由劇團「民藝」在日本各地巡迴演出。同年也創刊了《季刊現代史》。

其他作品有：《遠距離接近》、《陰影地帶》、《斷碑、裝飾評傳》、《不安的演奏》、《探索邪馬台國之謎》、《喪失了的儀禮》。

爲了充實寫作材料，一九七三年四月，松本又有遠行，赴伊朗、土耳其、荷蘭、英國、愛爾蘭。十一月則率領文化考察團赴北越。出版的作品有：《表象詩人》、《日本黑霧》、《北方詩人》、《影子本》、《彩霧》、《事故》、《巨人的襪子》、《火神被殺》、《遊古疑考》、《黑色樣式》、《黃色風土》、《阿姆斯特丹運河殺人事件》等。

第一期全集（三十八卷）於一九七四年五月出齊；然而新作依然不斷推出：《風的氣息》、《日光中宮祠事件》、《中央流沙》、《隨筆、黑色手冊》、《古代史之謎》（對談紀錄）、《活的巴斯卡爾》、《文豪》……等。

較少涉及政治界或社會問題的松本清張，一九七五年意外的斡旋了「創價學會」（佛教團體）和日本共產黨的衝突事件，促使兩方同意和解。是年出版的作品是：《霧旗》、《混聲森林》、《地骨》以及多數重版小說。一九七六年，幾乎已經著作等身的松本清張，在「每日新聞社」的一項讀者調查中，榮登「你喜歡的作家」的第一名。從此以後，在一段漫長時期中，他一直穩居鰲頭。這一年的作品有：《山峽篇》、《黑色迴廊》、《眼的氣流》、《北一輝論》、《二二六研究》、《高台之家》、《浮游昆蟲》、《被掩遮的場景》、《象徵的設計》、《邪馬台國》、《西海道談綺》。

一九七七年一月，協助朝日新聞社舉辦「邪馬台國學術研討會」，出席的有：江上波夫、井上光貞等學者。八月，赴美國、加拿大調查「安宅產業」相關資料。在美國邀請推理小說作家耶拉利、昆來日本訪問。同年，退出長期積極參與的「日本推理小說作家協會」。這一年作品有：《寫樂謎的解讀》、《西海道談綺》（二～四）、《巨人的海邊》、《文字與社會》、《屈折迴路》、《空白世紀》、《售馬女人》、《渦》、《私說古風土記》。

松本清張的作品之中，有許多是通俗又深入，因此被改編廣播劇、連續劇、電影的很多。一九七八年，NHK頒給他「廣播文化獎」。松本清張本人更設立以製作演出節目爲目的的一家公司。七月起，斷斷續續赴歐洲，中東及東南亞旅遊、採訪。出版的作品是：《神祇與青銅的迷路》、《風紋》、《天皇與豪族》、《我的觀察方法及思考方法》、《水的肌膚》、《昭和史發掘》（一～十二）。翌年（一九七九年）辭退「直木獎」評審工作。作品有：《壬申之亂》、《北京原人失蹤》、《松本清張社會評論集》、《雜草群落》、《隱花裝飾》、《烏鴉城》、《白與黑的革命》。

到了一九八〇年，松本清張已經七十一歲，然而他的創作能量不曾稍減。是年的作品有：《棲息分佈》（上、下）、《危險斜面》、《共犯者》、《五十四萬石的謊言》、《黑牛皮的手冊》（上、下）、《落差》（中、下）、《松本清張自選短篇》、《岸田劉生晚景》、《眩人》、《史觀、宰相論》。翌年（一九八一年），參加「正倉院學術研討會」。出版作品有：

《西海道談綺》（一～八）、《大奧（內）婦女記》、《十萬分之一偶然》、《古代史私注》、《地之手指》、《夜光樓梯》（上、下）等。

一九八二年，與中野好夫、都留重人等社會賢達發起「國營鐵路自主重建懇求團體」。希望解決陷入瓶頸的國營鐵路民營化問題。十月訪問瑞士、荷蘭；自英國返國。作品有：《疑惑》、《殺人行奧之細道》（上、下）、《私論、青木繁與坂本繁二郎》、《憎惡的依賴》、《天才畫女人》、《形影、菊池寬與佐佐木茂索》、《清張古代史記》、《清張歷史遊記》、《死的發送》、《空中之城》。此外，是年起，文藝春秋社開始輯印《松江清張全集》（第二期，十八卷），至一九八四年五月出齊。

對歷史有相當研究的松本清張於一九八三年由「朝日電視台」策劃先後至中國及印度考察。後來完成了《密教水源——空海、中國、印度》。這一年其他作品有：《寧樂》、《迷濛旋舞》、《松本清張照相紀行》、《小說與古史》……等。

翌年（一九八四年）四月，配合「朝日電視台」製作「昭和年代——松本清張觀點」，播出二十五輯，引起良好回響。五月，接受「文藝春秋社」及「日本航空公司」合辦的歐洲地區文化講座；接著又訪問英、法、德、義、瑞士等國，搜集寫作《迷霧會議》的寫作材料。這一年的作品有：《岡倉天心》、《被塗寫的書本》、《雜草群落》（上、下）、《鬼火市街》、《清張日記》、《美麗的鬥爭》（上、下）。

年齡已超過「古稀」之年的松本清張，一九八五年二月「朝日新聞社」及「西武百貨店」爲他策劃一項「松本清張的生活及寫作特展」，由於大受歡迎，在東京展出之後，又至大阪、小倉、熊本、大分四地展出。五月，赴蘇格蘭、法國搜集寫作資料；十月，又赴法國、摩洛哥、瑞士等國採訪。這一年的作品有：《幻華》、《亂打江戶影繪》（上、下）等。

高齡的松本清張依然寫作不斷，也參與各種文化、學術活動，一九八六年三月在島根縣主持一項古代史學術研討會；四月，參與NHK的特別節目系列。五月，又赴奧地利、捷克、英國。是年出版的作品有：《聖獸配列》（上、下）、《二二六事件》（一～三）、《耶馬台國》、《柳生一族》、《空白世紀》、《暗血旋舞》等。翌年（一九八七年）七月底，爲寫作而歷訪德、奧、法、瑞士各國。十月赴法國參加「第九屆世界推理小說研討會」，並發表演講。十月三十一日出席在高松市舉辦的「菊池寬百年誕辰紀念大會」，並演講「菊池寬的文學」。是年的作品有：《軍師境遇》、《信玄戰旗》、《數的風景》…等。

已高齡七十九歲（一九八八年）的松本清張，自覺體力、視力明顯衰退，但是在月刊、週刊雜誌連載的作品卻不曾稍減。這一年的作品有：《狀況曲線》（上、下）、《壬中之亂》……等。翌年（一九八九年），曾住院接受攝護腺手術，但也積極參加「吉野里研討會」以及「芥川獎、直木獎第一百屆紀念」等活動。六月，又赴愛爾蘭、荷蘭、奧地利、德國搜集寫作材料。是年的作品有：《清張日記》、《古代的終焉》、《紅色冰河期》（上、下）、《詩城旅人》等。

由於小說創作及現代史問題的提出之巨大貢獻，一九九〇年獲得「朝日獎」。六月，又赴英、德訪問。這時期的松本清張視力逐漸衰退。作品有：《過完的日曆》、《逃亡》（上、下）。一九九一年，四家電視台同時推出《西鄉鈔票》、《砂丘之器》等十二本著作的特集，引起日本全國人的注意。十二月九日，由「朝日新聞社」安排，搭乘直升機俯瞰與作品有關的日本各地。這一年的作品則有：《閱讀日本書紀》、《草徑》等。

一九九二年四月，原本寫作不斷的松本清張因腦溢血而住院，手術成功；七月下旬，又被診斷出肝癌，於八月四日夜晚去世，結束其輝煌燦爛的一生。法號「清閑院釋文張」。這一年，以及去世後出版的作品有：《日本航空墜機事件》、《沒名牌的行李》、《犯罪的送回》、《隱花平原》、《清張古代遊記》、《潛在光景》。

作家去世後的一九九四年，中央公論社出版了《松本清張小說選集》（全三十六卷），一九九五年，文藝春秋社又推出《松本清張全集》（第三期，十卷）。

（三）

二次大戰後在文壇嶄露頭角的多產作家松本清張，四十年的寫作生涯之中，創下日本文壇史上的幾項紀錄。

一九五三年，松本清張獲得「芥川獎」時已經四十四歲；而他辭去報社工作專事寫作是四十七歲那一年。自明治維新（一八六八年）以來，經過近代文學開拓者森鷗外、夏目漱石、島崎藤村等人的努力，小說作家在社會奠定了崇高地位，也有豐富的收入；此種現象，一百餘年來不曾改變。加以有了「芥川獎」和各種刊物的不斷發掘人才，事實上，大多數文壇新人都在二、三十歲就大放異采了。

作家松本清張的另一項特別紀錄是：如同他本人所說的：一切爲「錢」而寫作。成名以後，也許在寫作動機方面也有較大轉變；但以「錢」爲出發點的作家應該不多。

正因爲幼年到成長一直在困頓中，松本清張的純文學作品乃至推理小說之中，往往出現日本底層社會情節的描述。這也許是理所當然的事，不過其他作家倒是模仿不來的。

再說，松本清張多樣化的寫作路線也是現代日本文壇少有的。從自傳體小說，發展到古代史小說、近代史小說、純小說以至精采絕倫的推理小說，甚至後來也成爲一名重要的歷史研究者。值得注意的是，松本清張小說牽連的時代、背景的延長線拉得很長。因此一直到高齡七十多，依然忙碌奔走於歐美、中東各國，其寫作的毅力和精力是十分可佩的。

（四）

經歷漫長的青少年困頓時期，文學寫作生活出發較晚的松本清張，四十歲以後的創作生涯事實上是多采多姿而又豐碩無比的。

包含散文、日記以及其他各種作品（含長篇、短篇）在內，共有九百零六十篇；出版的著作（含編著書籍以及不同版本）多達七百五十冊。倘若加上序、跋、評語和其他文章，則數量更加龐大。

日本文學研究者利彼得對松本清張畢生作品下了如此評語：

「松本清張乃是一位超越各種文學形式規範的作家；他是日本文學史上將多樣性集於一身，卻又能展現其明晰個性的作家。」

而另一位研究者平岡敏夫也支持這種看法。他認爲，在松本清張的處女作《西鄉鈔票》中，就已展現對情節、描速、邏輯的運用，並展現出推理小說的氣氛。終其一生，眞可推崇他是日本文壇上的巨匠。[6]

雖然，三島由紀夫對松本清張的純文學作品特有不同看法，但川端康成倒是頗加以肯定。[7]並且一直到八十歲以後，松本清張還主張不斷發掘自己的潛能，追求不斷進步。[8]

作家松本清張去世六年後，一九九八年八月，故鄉北九州立設立了「市立松本清張紀念館」，陳列書籍、文稿、相關資料約三萬件，並將作家生前使用的桌椅等一併展出，也放映松本清張作品改編的電影、連續戲劇等，成爲九州一個新的文化景點。

注

1 松本清張：〈學歷の克服〉，收入《人生讀本》（婦人公論臨時增刊），一九五八年九月。
2 森村誠一：〈昭和と共生した作家〉，收入《松本清張》（別冊太陽，一四一），平凡社，二〇〇六年六月。
3 見記者訪問報導文字，《產經新聞》第十頁。一九九二年八月六日。
4 鶴見俊輔：〈時分の花〉。收入《松本清張全集，三十四》（解說）。文藝春秋社，一九七四年二月。
5 松本清張：〈半生の記〉，收入《松本清張全集，二十四》，二十頁。文藝春秋社，一九七四年二月。
6 同注2。
7 〈芥川賞十大事件の真相〉，《文藝春秋》，二〇〇七年三月。
8 同注7。。

獨具史觀——司馬遼太郎

（一）

司馬遼太郎——這一位二次大戰後的日本文壇巨人，在他去世以後，暫時大概沒有可以比擬的人物出現。

他筆下的歷史人物，一個接一個，似乎又重現於人世間。從高僧空海、戰國時代的織田信長、豐臣秀吉，乃至末代將軍德川慶喜，陸軍上將乃木希典。作家司馬遼太郎在獨特的史觀下使歷史人物躍然紙上。尤其對於西鄉隆盛，坂本龍馬這兩位近代維新運動中的明星，司馬遷太郎除了賦予不同的價值判斷以外，讓他們又回到現代日本人身邊似的親近感。文學界給予「國民文學作家」[1]乃是一種由衷的恭敬、恭維。

撰寫歷史小說的同時，司馬遷太郎的足跡踏遍亞、歐、非各洲。中南半島、朝鮮半島，甚至台灣都成為他旅行的目的地，也是寫作取材的對象。

截至目前為止，日本作家寫作範圍如此廣闊巨大者，司馬遼太郎應屬第一。作家森村誠一說：

司馬遼太郎作品的山脈無限膨大。並且這些山脈都屬巨峰、高峰、名峰連綿不斷。讀者想完全登上全部山峰並不容易。我自己成爲職業寫作者以後，時間大抵用在執筆和搜集資料，讀書量相對減少很多。在頭腦裡想著，與其花時間去閱讀別人的作品，不如想辦法多寫一點。盡管如此，司馬遼太郎的作品具備了讓人先睹爲快的魅力，令人欲罷不能。[2]

正因爲如此，司馬遼太郎於一九九三年獲得日本人最高榮譽的「文化勳章」，其得獎理由便是「建構了獨自的歷史觀」。

從讀者的角度來看，司馬遼太郎作品的影響力如何呢？曾經擔任日本首相的小泉純一郎如此表達自己的讀書體驗：

「我最早閱讀司馬遼太郎的作品時，當時還在讀大學，最先讀過的乃是《竊國物語》；應該說，它改變了我的人生。何以故？這是因爲從不閱讀歷史小說的我，此後開始大量閱讀歷史小說。」[3]

日本哲學家梅原猛認爲，二次大戰前後，日本出現了兩位偉大的歷史小說作家。戰前的吉川英治灌輸日本人忠義、孝順等道德規範；而戰後的司馬遼太郎告訴日本人不必被舊有道德模式束縛，可以自由豪放的發揮一己所長；司馬遼太郎也賦予日本人自由自在的生活勇氣。[4]

在多達四十三冊的旅遊筆記中，《台灣紀行》是其中的一冊。行前，他博覽群書，增廣見聞。在台灣的土地上，他以不同於一般日本人的眼光接觸土地和人民。旅日學者周英明指出，司馬遼太郎乃是少數眞正瞭解台灣的日本人之一。[5]

身為文學、文化的創造者，司馬遼太郎也釀出自己獨自的文體。依井上Hisashi說，二次大戰後的日本語文，學者大野晉建構了理論，而司馬遼太郎成為一個實踐者。[6] 當然這也是司馬遼太郎的一項重要貢獻。

（二）

作家司馬遼太郎於一九二三年八月出生於大阪市，本名福田定一。父親福田是定乃是一名藥劑師。

由於出生不久身體孱弱，被送至母親的娘家（奈良縣北葛城郡）照顧，三歲時才回到大阪。因爲這一段經歷，後來奈良北葛城郡在司馬遼太郎頭腦中留下深刻印象。

七歲（一九三〇年），進入大阪市的波鹽草小學就讀。幼年期間，經常到奈良竹內村遊玩，這一帶古蹟引起他的興趣。

一九三六年，進入私立上宮初中。每天搭乘電車通學。三年級起，每天放學便前往市立圖書館看書，如此的讀書習慣一直維持到大阪外國語專科學校畢業為止。日後，作家回憶起，由於文史類藏書全部都讀完了，甚至連釣魚技術的書籍也借來讀。可是，學校成績並不理想，他自認為只是一名「反動少年」。而讀書之餘，利用閒暇爬山，踏遍大阪、京都一帶山嶺。

初中畢業後，連續報考大阪高中（舊制、唸四年）、弘前高中都落榜。而家裡因經濟因素不允許他報考東京的學校。

一九四二年四月，考入國立大阪外國語專科蒙古語文科。這一次考中的最大理由是不必考數學。入學後，認識了庄野潤三（英語科）、陳舜臣（華僑作家、印度語科）。此時的作家對日本文學沒有太大興趣，對過多的語文課頗有反感。另一方面，他開語留意俄國文學以及中國的《史記》和塞外民族歷史。青年作家自己以「司馬遼太郎」為筆名即肇源於此。

隨著第二次世界大戰戰況的升高，一九四三年九月，司馬遼太郎被徵召入營從軍，被編入兵庫縣加古川「戰車第十九連隊」。隨著入營當兵，使作家明白的意識到「國家」可以命「人民」參戰送命；因此熟讀古典史籍《歎異抄》。當兵前，為了排遣時間而出入象棋遊戲場。

翌年（一九四四年）四月，戰事激烈，被派至中國東北，進入四平的「陸軍戰車學校」受訓；十二月，受訓完畢，前往牡丹江「戰車第一連隊」擔任「見習士官」。此次實際體驗，使司馬遼太郎對戰局以及日本實力感到悲觀；也刺激他認眞思考「技術立國」的深刻問題。

日本宣布投降（八月十五日）之前的五月，被調回日本東京東北部，並在這裡退伍。返回大阪老家後，一時無所事事，閒逛至過去天天報到的圖書館，不料已在戰爭中燒成廢墟。意外的遇到熟識的圖書館館員，十分高興。不久，進入「新世界新聞社」工作五個月，擔任新聞記者。

接著在翌年（一九四六）轉入「新日本新聞社」擔任記者，負責採訪大學教育，宗教活動。一年後，因報社被併入《產經新聞》而成爲京都分社記者。司馬遼太郎並不喜歡記者的工作；不過，在京都，他自由的出入京都大學、龍谷大學、西本願寺……等，日後成爲他創作小說的珍貴素材。

一九五二年，被派回大阪總社，擔任地方新聞的採訪。次年（一九五三）五月，被派至文化部門，負責文學及藝術版面。從此，逐漸發揮他的特長，工作也比較沒有排斥感。在這前後，開始用筆名發表短文。

擔任記者、編輯的同時，不斷撰寫的短文在一九五五年結集成《名言隨筆・上班族》以「福田定一」的名字出版。

作家司馬遼太郎的處女作是《波斯的魔術師》，於一九五六年五月獲得「講談俱樂部賞」。這篇短篇小說只用下班後的兩個夜晚完成。同一年（一九五六），籌畫同好雜誌（同人誌）《近代說話》，參加者有寺內大吉、石濱恆夫、胡桃澤耕史、堤清二、黑岩重吾、伊藤桂一、永井路子。這些成員後來都成爲日本文壇的明星。這一份雜誌於一九五七年五月推出創刊號，大阪一帶的企業以刊登廣告方式支持；也獲得已成名作家今東光、源氏雞太的大力協助。這個同好團體明訂：「無會費、無固定集會、無相互批判」的「三無主義」。

一九五七年，發表了〈戈壁之匈奴〉、〈兜率天的巡禮〉（登於同好雜誌），也在《趣味俱樂部》發表〈丼油界限〉。翌年（一九五八）發表〈伊賀源與色仙人〉、〈大阪醜女傳〉、〈壺狩〉，並在《中外日報》連載〈梟之都城〉（後改爲〈梟之城〉）。這一年也出版了作品集《白色歡樂天》。

司馬遼太郎於一九五九年與報社同仁松見綠結婚，成爲一生的賢內助。這一年發表了〈盜賊、女人與間諜〉、〈大坂武士〉、〈包工忍者〉。

一九六〇年一月，以《梟之城》獲得第四十二屆「直木獎」，才得以獲得一面職業作家執照。在報社，又幸運的被升爲「文化版」主管。這一年發表的作品有：〈上方武士道〉、〈風中武士〉、〈黑格子新娘〉、〈庄兵衛稻荷〉、〈花妖譚〉、〈道頓無事〉、〈朱盜〉、〈壬生狂言之夜〉、〈出執事件〉。也出版了單行本《豬與玫瑰》、《最後的伊賀者》。

三十八歲（一九六一年）那年的三月，司馬遼太郎終於離開「產經新聞社」，轉型爲職業作家，離職時的職位是「出版局副局長」。結束了十五年漫長的上班族生活，作家司馬遼太郎蓄積已久的創作能量逐漸噴發出來。同一年，發表了〈八咫島〉、〈雜賀的船上大砲〉、〈忍者四貫目之死〉、〈風神之門〉、〈推銷物語〉、〈弓張嶺的命相師〉、〈伊賀的四鬼〉、〈雨女〉、〈魔女的時間〉。又推出四冊單行本：《風中武士》（講談社）、《戰雲之藥》（講談社）、

《喔、大砲》（中央公論社）、《果心居士的幻術》（短篇集、新潮社）。

以多產作家姿態呈現在文壇的司馬遼太郎不斷以歷史材料為體材，陸續推出精采作品。一九六二年的作品有：〈斬狐記〉、〈一夜官女〉、〈越後之刀〉、〈信九郎物語〉、〈新選組血風錄〉（連載於《小說中央公論》，一九六三年十二月截止）、〈軍神、西住戰車長〉、〈坂本龍馬〉（連載於《產經新聞》，一九六六年五月截止）、〈理心流異聞〉、〈若江堤之露〉、〈吾乃權現〉。單行本則有《古寺燒毀》（角川書店）、《眞說、宮本武藏》（文藝春秋社）、《風神之門》（新潮社）。

司馬遼太郎持續以單篇、連載、集結成書（單行本）三種「雞生蛋、蛋生雞」似的快速寫作方式，隨著日本人在戰爭中遭遇的挫折感企求找到解脫，以及思考歷史人物重新定位的兩大趨勢；同時，在日本經濟呈現快速成長中，作家司馬遼太郎獲得了廣大讀者群。

發表於一九六三年的作品有：〈伊賀者〉、〈幕末暗殺史〉、〈上總的劍客〉、〈軍師兩人〉、〈千葉周作〉、〈孫市〉、〈竊國物語〉、〈功名談〉、〈大阪物語〉。單行本有：《坂本龍馬》（立志篇、文藝春秋社）、《花房助兵衛》（桃源社）、《幕末》（文藝春秋社）。接下來的一九六四年的作品有：〈試斬記〉、〈英雄兒〉、〈鬼謀者〉、〈慶應長崎事件〉、〈實說、幕末青春傳〉、〈五條陣守〉、〈薩摩淨福寺黨〉、〈俠客萬助珍談〉、〈喧嘩草雲〉、〈肥前之妖怪〉、〈我的小說寫作法〉、〈關原〉、〈天明期畫師〉、〈愛染明王〉。此外，又推出了單行本：《坂本龍馬》（風雲篇、文藝春秋社）、《燃燒吧，利劍》（文藝春秋社）、《新選組血風錄》（中央公論社）、《鬼謀者》（新潮社）、《坂本龍馬》（狂瀾篇）、《孫市》（講談社）。

作家之定居大阪市內中小阪也是在一九六四年三月。作家逝世後，接連旁邊一塊空地而興建了紀念館。

此後，司馬遼太郎一直以驚人的速度進行創作，如前文所提及的，單篇、連載，很快的又結集成書。一九六五年付梓的單行本有：《醉語》（文藝春秋社）、《功名雲煙》（上、下，文藝春秋社）、《坂本龍馬》（怒濤篇、文藝春秋社）、《攻城物語》（光文社）、《竊國物語——齋藤道三》（前篇、新潮社）。這一年，德間書店也出版了《司馬遼太郎選集》（六卷）。翌年（一九六六），付梓的作品有：《北斗人》（講談社）、《竊國物語——齋藤道三》（後篇、新潮社）、《竊國物語、織田信長》（前篇、新潮社）、《浪華遊俠傳》（講談社）、《竊國物語——織田信長》（後篇、新潮社）、《坂本龍馬》（回天篇、文藝春秋社）。同一年六月，東都書房出版了《司馬遼太郎集》，十一月，講談社也推出《司馬遼太郎傑作系列》（七卷）。《坂本龍馬》和《竊國物語》獲得「第十四屆菊池寬獎」。當然，對名滿天下的司馬遼太郎而言只是錦上添花。

到了一九六七年，出版了：《末代將軍——德川慶喜》（文藝春秋社）、《司馬遼太郎集》

（河出書房新社）、《殉死》（文藝春秋社）、《豐臣家族》（中央公論社）。翌年（一九六八年）一月，作品《殉死》獲得「每日新聞社第九屆藝術獎」。出版的書籍有：《夏草賦》（文藝春秋社）、《新史、太閤記》（前、後篇，新潮社）、《日本劍客傳》（上、朝日新聞社）、《王城護衛者》（講談社）、《義經》（文藝春秋社）、《喧嘩草雲》（東方社）、《一夜官女》（東方社）。講談社也出版了《司馬遼太郎集，一、二》。

一九六九年二月出版的《歷史紀行》（文藝春秋社）獲得了「文藝春秋讀者獎」，這是司馬遼太郎紀行文學的開端，截至作家仙逝為止，共出版了四十三冊紀行文字。其他出版的作品還有：《坂上之雲》（第一、二卷，文藝春秋社）、《日本劍客傳》（下、朝日新聞社）、《妖怪》（講談社）、《手挖日本史》（每日新聞社）、《歷史與小說》（河出書房新社）。同年九月起，擔任「直木獎」評審。第二年（一九七〇）出版的單行本較少，主要是作家司馬遼太郎從事公開演講活動，也撰寫許多與時事相關的文章。是年出版的有：《對談集、檢驗日本歷史》（講談社）、《坂上之雲》（第三卷、文藝春秋社）、《馬上過少年》（新潮社）、《花之館》（劇本、中央公論社）。

以歷史小說為主軸寫作路線的司馬遼太郎，自一九七一年起新開了紀行文學路線，行蹤走遍全日本，也跨出國界，踏遍亞、歐各國。這一系列紀行文學先在《週刊朝日》連載，不久就結集成書，是年九月率先推出第一輯的《甲州、長州紀行》（朝日新聞社）。一九七一年出版了：《坂上之雲》（第四卷、文藝春秋社）、《棲世長日》（一～三，文藝春秋社）、《城塞》（上、新潮社）。九月起，文藝春秋社推出《司馬遼太郎全集》（共三十二卷，一九七四年出齊）；講談社也出版了《司馬遼太郎短篇總集》。

在持續發表短篇小說的寫作生活中，一九七二年又陸續出版了：《城塞》（中、下，新潮社）、《韓國紀行》（朝日新聞社）、《花神》（一～四，新潮社）。是年四月，獲頒「吉川英治文學獎」。翌年（一九七三）在煩忙的寫作中，赴蒙古考察一個月，也出版了《陸奥、肥薩紀行》（朝日新聞社）、《霸王之家》（上、下，新潮社）。接下來，一九七四年又有：《白川、紀州紀行》、《蒙古紀行》（兩書均由朝日新聞社出版）、《歷史裡的日本》（中央公論社）、《古代日本與朝鮮》（座談紀錄，中央公論社）、《歷史及視點——我的雜記帳》（新潮社）。

一九七五年問世的有：《沖繩、先島紀行》（朝日新聞）、《播磨灘物語》（上、中、下，講談社）、《空海》（上、下，中央公論社）、《餘談》（文藝春秋社）、《鬼燈——攝津守之叛亂》（中央公論社）。《西鄉傳》（一～二，文藝春秋社）。一九七六年一月，學習研究社推出《司馬遼太郎集》。《西鄉傳》則繼續出版了二～七卷。又有《土地與日本人——司馬遼太郎對談集》（文藝春秋社）、《從長安到北京》（中央公論社）、《甲賀、伊賀紀行》（朝日新聞社）。

創作力旺盛的司馬遼於一九七七年出版的單行本有，《熊野、古座紀行》、《信州佐久平紀行》（以上朝日新聞社）、《西鄉隆盛——偉人的生涯》（學習研究社）、《木曜島夜會》（文藝春秋社）。筑摩書房也推出《司馬遼太郎集》。十一月間，赴中國大陸旅行。一九七八年三月出版了《對談集——中國問題》（文藝春秋社）。在此前後，司馬遼太郎不斷以對話（對談）、鼎談、座談方式參與歷史、文化問題的探討，並立刻結集成書。十月，又有一本對談集《日本語與日本人》（讀賣新聞社），十二月，座談會紀錄《朝鮮與古代日本文化》（中央公論社）問世。紀行文學系列則有：《羽州、佐渡紀行》（朝日新聞社）。一九七九年單篇文章較多，紀行文學則有：《肥前紀行》（朝日新聞社）。一九八〇年又有：《對談集——日本人的面貌》（朝日新聞社）、《十津川紀行》（朝日新聞社）、《從世界史的思考》（中央公論社）。一九八一年的單行本有：《風雲武士》（講談社）、《壹歧、對馬紀行》、《南伊予、西土佐紀行》、《北海道紀行》、《叡山紀行》（以上均由朝日新聞社出版）、《愛藏版、項羽及劉邦》（新潮社）、《戰雲之夢》（講談社）、《愛藏版、坂本龍馬》（一～四卷、文藝春秋社）。這一年，由於作家豐富的著作被遴選爲「藝術院會員」。這是日本授予文化、學術界人士的最高榮譽職稱。

已經獲得各種文學榮譽的司馬遼太郎，一九八二年二月又以《人群的跫音》得到「第三十三屆讀賣文學獎」。紀行文學更一口氣推出了《島原、天草紀行》、《越前紀行》、《中國江南紀行》（以上均由朝日新聞社出版），長篇小說《油菜花海邊》一年中推出一～六卷（文藝春秋社）。

日本人以六十歲爲「還曆之年」（即屆滿一甲子）。司馬遼太郎「還曆」的年初即獲得「朝日獎」，以表揚他在歷史小說的重大貢獻。文藝春秋社在同年（一九八三）四月起推出《司馬遼太郎全集》（第二期著作，共十八卷）。這一年，除了朝日新聞社的紀行文學《中國四川、雲南紀行》、《神戶、橫濱、藝備紀行》，也爲該報社編了三冊旅遊書：《東日本篇》、《西日本篇》、《近畿篇》。六十一歲（一九八四年）獲得「第一屆新潮日本文學大獎、學藝獎」，也就任「日本文藝家協會理事」。四月，赴中國福建旅行。付梓的單行本有：《南蠻紀行》（一、二）、《奈良、近江紀行》（以上由朝日新聞社出版）、《命運》（中央公論社）。

在不斷積極寫作中，一九八五年六月遠赴美國東海岸考察，十月又赴韓國濟州島。美國之行留下了：《美國素描》（一、二，讀賣新聞社於次年出版）。朝日新聞社又繼續推出《中國福建紀行》、《嵯峨、仙台紀行》。一九八六年三月，獲得「第三十七屆NHK文化獎」，同年九月就任「大阪國際兒童文學館理事長」。出版的書有：《播磨灘物語》（講談社）、《因幡、伯耆紀行》、《耽羅紀行》（朝日新聞社）。這一年開始在《文藝春秋》連載〈日本形象〉，在《產經新聞》連載〈風塵抄〉。

一九八七年二月又以《俄國印象》獲得「第三十八屆讀賣文學獎」。出版的書有：《韃靼疾風錄》（上、下，中央公論社）、《秋田、飛驒紀行》（朝日新聞社）。翌年（一九八八）又獲得了「第十四屆明治村獎」、「第十五屆大佛次郎獎」，也應邀擔任「和辻哲郎文化獎」評審委員。紀行文學又有《愛蘭土紀行》（一、二，朝日新聞社）。接下來的一九八九年就任「日本近代文學館常務理事」，也出版了《明治日本》（日本放送出版協會）以及《阿波、紀川紀行》、《白河、會津紀行》（以上均由朝日新聞社出版）。這一年，又遠赴荷蘭、比利時考察旅行。

在煩忙又多產的創作過程中，《文藝春秋》連載的〈日本形象〉先後在一九九〇年結集成兩冊出版，紀行文學又有《中津、宇佐紀行》（朝日新聞社）。翌年（一九九一）出版了；《風塵抄》（中央公論社）、《荷蘭紀行》。是年三月，就任「日本中國文化交流協會理事代表」，十月，獲日本政府頒給「文化功勞者」獎。一九九二年二月，赴美國旅行、考察。出版單行本：《草原筆記》（新潮社）、《深川、神田紀行》、《本鄉界隈紀行》（朝日新聞社）。

作家司馬遼太郎於一九九三年（七十歲）得到日本人最高榮譽的「文化勳章」。同一年的得獎者還有京都大學教授大隅健一郎、東京大學教授小田稔、雕金家帖佐美行、西畫家森田茂。同年出版了《渥霍次克紀行》（朝日新聞社）；一月、四月兩次來到台灣旅行、考察。

台灣體驗和觀察於次年（一九九四）成書，出版了《台灣紀行》，前此的美東之行也推出《紐約紀行》（兩書均由朝日新聞社出版）。一九九五年，又出版了《北方紀行》（朝日新聞社）。

一生忙碌而著作等身的作家司馬遼太郎於一九九六年二月十二日以腹部大動脈瘤破裂而去

世，享年七十三歲。法號「遼望院釋淨定」。三月十日，在大阪皇室大飯店舉行追思會，出席者二千三百人。

由於連載文字、對談、座談紀錄等數量龐大，作家仙逝後又陸續出版《日本形象》（五～六，文藝春秋社）等書。《司馬遼太郎全集》（第三期，十八卷）則於一九九八年出版。

一九九六年十一月，「財團法人、司馬遼太郎紀念財團」設立，二〇〇一年十一月，「司馬遼太郎紀念館」開館。

（三）

司馬遼太郎在三十餘年的寫作生活中，留下的龐大作品數量已屬空前，其涉獵歷史、文化問題之廣泛幾乎也是日本最高紀錄；對日本人的影響之巨大更難以評估。

作家司馬遼太郎以歷史小說爲主的作品共有六十部，散文及短篇共有二十冊，對談、座談會紀錄二十九冊，演講紀錄六部，文獻類書籍八冊，紀行文學有朝日新聞社的四十三冊及其他出版社的四冊。平均每一年推出六本書。[7]

作品被改拍電影的有：《梟之城》、《新選組血風錄》、《風雲武士》、《暗殺》、《斬人記》、《御法度》、《幕末》導演是大島渚、篠田正浩等人。改編成電視劇的還有：《竊國物語》、《北斗之人》、《宛如飛翔》、《坂本龍馬》、《花神》、《德川慶喜》等。[8]

自一九六〇年獲得「直木獎」以後，又獲得「大阪藝術獎」、「讀賣文學獎」、「菊池寬獎」、「吉川英治獎」以及榮登「藝術院會員」，獲得「文化功勞者」、「文化勳章」表揚，這一連串的榮譽也足以說明日本社會對他的肯定。

在歷史小說的寫作以外，司馬遼太郎主導的對談、鼎談、座談也是一個龐大數字。一九七一年前後開始，不斷以這一類方式進行各種主題的討論，參與者有：江崎玲於奈、海音寺潮五郎、上田正昭、金達壽、山崎正和、梅棹忠夫、向坊隆、高坂正堯、陳舜臣、桑原武夫、井上靖、大野晉、沈壽官、大岡信、李御寧、大江健三郎、大前研一……。都是日本各界的錚錚之士，囊括學術、文化、藝術界精英。其中江崎玲於奈、大江健三郎是諾貝爾獎得主，向坊隆是東京大學校長。

在紀行文學方面，不僅行踪遍及日本全國各地，創下空前紀錄，文字中處處展現司馬遼太郎的史觀、人生觀，在其他現有作品中是少見的。其腳步更擴大到歐洲、美國、中國大陸、越南、台灣……等地。

司馬文學的主軸是歷史小說，尤其是近代日本歷史小說。歷史人物除了空海、齋藤道三少數幾人之外，大多集中在明治維新（一八六八～一九一二年）前後。西鄉隆盛、勝海舟、坂本龍馬、吉田松陰、緒方洪庵、高杉晉作、東鄉平八郎、秋山眞之、秋山好古、商人嘉兵衛……。在司馬筆下，這些人似乎又生龍活虎般的還魂過來，讓讀者感覺他就在眼前，栩栩如生。

一九七二年十一月開始在《每日新聞》連載的《宛如飛翔》，小說的主人翁是近代人物的西鄉隆盛。西鄉的一生波瀾洶湧又多曲折，其事業功績，後人頗多爭議，成敗忠奸，難有定論。

西鄉隆盛出生於所謂「幕末」的一八二六年，正是風雲變幻之際；他的出身雖然只是薩摩（鹿兒島）的低階武士家。眞如俗話所說的，「時勢造英雄」，他一時成爲薩摩的神化人物。終於在一八六八年三月十三日代表天皇軍與德川幕府陸軍總裁勝海舟談判成功，完成了不流血的政權轉移。進入天皇軍核心的西鄉隆盛卻極力主張進攻韓國；孤掌難鳴，憤而返回九州老家舉兵叛變，造成薩摩軍陣亡五二一七人，政府軍陣亡一六〇九五人的重大內戰。

一般歷史上可能被認定爲叛逆的這次「西南戰爭」，以西鄉故里薩摩爲主的人們，敬佩西鄉隆盛的眼光和魄力，並不以爲他是叛賊流寇。司馬遼太郎更舉出一八七二年大久保利通、大隈重信等人興起出兵台灣（牡丹社事件），乃是一次政府主導的「倭寇」侵略；並以此來對照西鄉的想法，讓現在讀者重新思考歷史事件，歷史人物的定位。[9]

在《坂本龍馬》中，也重新定位了歷史人物坂本龍馬。

出生於四國鄉下土佐（高知），父親只是個低階武士的坂本龍馬（一八三五～六七年），青年時代遠奔江戶（東京），尋求成功機會。他幸運的投靠勝海舟，也得以認識西鄉隆盛。在「山雨欲來風滿樓」的幕末日本；巧妙的結合了「擁皇派」薩摩（鹿兒島）、長州（山口縣）兩個強大勢力，並就任「海援隊」隊長。眼看「明治維新」就要成功，卻被人暗殺於京都，「出師未捷身先死」，留下千古遺憾。

司馬遼太郎引用史料而指出，海勝舟曾明確的表示，薩摩、長州的合作，本龍馬居功厥偉；而對政權轉移也有重大貢獻。在《坂本龍馬》乙書中，司馬遼太郎讓日本人重新認識了坂本龍馬。[10]

司馬遼太郎的作品已超越歷史文學範疇，不僅取材廣闊、格局恢宏；在他的生花妙筆下，如同「文化勳章」頌辭中所指出的，他建構了獨自的「歷史觀」。[11]

(四)

歷史小說作者司馬遼太郎的誕生，文學評論尾崎秀樹認為，青少年時代戰時下的體驗，乃至在戰場從軍，使司馬遼太郎對歷史的變革、戰亂的定位及意義深入思考，從而建構了歷史小說風格。在這些大前提下，司馬遼太郎的作品又令人感受其中的無限趣味。[12]

司馬遼太郎的作品深入淺出，其讀者包括日本社會各階層。例如橋本龍太郎對於司馬筆下的大久保利通、河井健之助十分佩服，因為這兩人都具有遠大理想的實踐型政治家。[13] 小淵惠三對《坂本龍馬》乙書十分傾倒，自己在內心中以坂本龍馬為典範，成為從政的一股鼓舞力量。[14] 橋本、小淵兩人都擔任過日本首相。

由於司馬遼太郎的作品擁有廣大讀者群，其作品連載時，橫跨讀賣、朝日、每日、產經各大報；而講談社、文藝春秋社、新潮社、中央公論社，都大量出版司馬遼太郎的作品。這在日本文壇還是少有的奇特現象。

作家司馬遼太郎去世後，家人捐出大阪市自宅，又購入鄰接空地，在二千三百平方公尺的土地上，由建築設計師安藤忠雄設計了紀念館，高十一公尺，巍峨聳立於四季變化的小規模樹林中，爲日本文化界增加一個重要景點。而司馬遼太郎去世後，大部分作品仍在書店暢銷；此種蓬勃的文化現象，實令人欣羨。

注

1 安野光雅、井上Hisashi對談：〈不思議な人，司馬さんの思い出〉，《本の話》，一九九八年十二月，文藝春秋社。

2 森村誠一：〈一回同席五百生〉，收入《歴史を歩む》（第三期）二〇〇七年六月，新人物往來社。

3 小泉純一郎：〈教えを乞たかつた〉，收入《司馬遼太郎の世界》，一一四～一一五頁。一九九六年十月，文藝春秋社。

4 梅原猛：〈なぜ日本人は司馬文學を愛したか〉，一九九六年三月一日《週刊朝日》。

5 周英明：〈悼念司馬遼太郎〉，《日本文摘》，一九九六年四月。

6 同注1。

7 參考《別冊、太陽》，一五二～一五五頁。平凡社，二〇〇四年八月。

8 成田龍一、紅野謙介：〈司馬遼太郎と明治維新と日本人〉，收入《歴史を歩む》五十二卷六期，新人物往來社，二〇〇七年六月。

9 平川祐弘：《翔ぶが如く》，解說。文春文庫，二〇〇二年六月。日高恆太郎：〈「翔ぶが如く」〉。其餘同注8。

10《龍馬がゆく》（後記一），文春文庫，一九八八年十月，新裝版。

11 一九九三年十月二十二日《讀賣新聞》，夕刊，第七頁。

12 尾崎秀樹：《王城の護衛者》解説。講談社，一九七一年十月。

13 橋本龍太郎：〈秋山好古との緣〉，收入《司馬遼太郎の世界》，文藝春秋社，一九九六年十月。

14 小淵惠三：〈司馬作品の鄉愁〉，收入《司馬遼太郎の世界》，文藝春秋社，一九九六年十月。

憂國作家——三島由紀夫

（一）

現代日本作家之中，生前及去世以後，一直享有盛名、廣受受戴者，不乏其人。夏目漱石、森鷗外、芥川龍之介，乃至川端康成、太宰治……等，他們的作品依然在日本暢銷。不過，身後的大量作品在外國也擁有廣大讀者的，則非三島由紀夫莫屬了。

依二〇〇六年的一項統計數字，日本作家的作品被譯成外文的，前五名如下：[1]

三島由紀夫——一四七
川端康成——一三四
大江健三郎——一〇三
安部公房——八八
芥川龍之介——五九

二〇〇一年四月，義大利曾舉辦一場紀念三島由紀夫的「羅馬愛國忌」。二〇〇六年八月，奧地利薩爾斯堡所舉辦的莫札特音樂節中，也推出了以日本演員爲主的音樂歌劇「午後的曳航」。此種劇目雖屬首創，卻引起當地觀眾的熱烈迴響。[2]《午後的曳航》的作者正是三島由紀夫。

一九七〇年十一月二十五日以日本傳統武士切腹方式自盡，死諫日本精神之墮落。此種激烈的行動方式也隨著三島由紀夫的傑出作品而令人難忘。

（二）

三島由紀夫本名平岡公威，一九二五年一月十四日出生。出生地是東京四谷（現在的新宿區四谷）。

祖先居兵庫縣，歷代祖輩有富農及鹽商，祖父平岡定太郎畢業於「帝國大學」（現東京大學），曾任福島縣知事（縣長）、樺太廳（北海道）長官。父平岡梓畢業於東京帝國大學（現東京大學），在農商務省（現農林水產省）擔任公務員。包括三島由紀夫在內，三代都是東京大學畢業生。而外祖父橋健三曾任東京開成中學校長，其祖輩是「前田藩」（封建領主）的漢學家。

稚齡時深受祖母喜愛。由於祖母喜好歌舞伎、現代小說，經常口述給他聽。自己也常閱讀鈴木三重吉、小川未明等人的童話作品；年幼時試作短詩，開始流露文學才華。

由於家中約束他不得與鄰居孩童遊玩，只得從圍牆縫隙偷看小朋友摔跤或打棒球。一個人無聊時便逼玩家裡養的貓，後來他一直喜歡貓。

一九三一年四月進入貴族學校「學習院初等科」（小學），級任老師鈴木弘一是位熱心的教育者。少年三島由紀夫開始閱讀尾崎紅葉、泉鏡花等人的作品，也訂閱《少年倶樂部》等刊物。另一方面，幼年的他身體衰弱，常常請病假休息。同一時期，由於祖母過度溺愛，與父母相處時間較少。

五年級時，作文〈茶花女〉、〈男人與女人〉刊登於校刊。

三島由紀夫十一歲這一年（一九三六年）的二月二十六日，發生了青年陸軍軍官以叛變行動諫請政府重視皇權的「二二六事件」。這一天，「學習院」全校提前放學，並被告誡，「遇到任何場合，也要堅守學習院學生的自尊。」

自小學畢業後，三島由紀夫於一九三七年四月升入「學習院中等科」（國中部）。此時開始，對傳統戲劇歌舞伎發生濃厚興趣，觀賞「忠臣藏」、「勸進帳」等劇目。國文老師岩田九郎發現他的才華，特別加以指導；三島由紀夫也陸續在校刊投稿。稍後的國文老師清水文雄對他也十分關心。

少年三島由紀夫在十三歲（一九三八年）九月就結集了詩歌二百首，成爲《來自聖堂的唱詠》乙書。這一年，開始深入閱讀日本古典詩集《萬葉集》及現代作家森鷗外、西洋作家湯瑪斯・曼等人的作品。

十分疼愛三島由紀夫的祖母於一九三九年去世。翌年（一九四〇年）又陸續投稿給校刊，並取了筆名「青城散人」。這一年，他加入校內社團「文藝部」。由於國文教師清水文雄擔任宿舍舍監，三島由紀夫便經常去宿舍探訪並接受指導。又接受詩人川路柳虹的指導，自己編輯了《公威詩集》三集。對文學十分投入的行動引起在大阪工作的父親的注意，寫信勸導他放棄文學的興趣；但三島由紀夫依然嗜讀谷崎潤一郎以及許多外國文學作品。

翌年（一九四一年）四月，被選爲校刊《輔仁會雜誌》主編。七月，作品〈茂盛的森林〉投稿到《文藝文化》。八月，父親自大阪調職返回東京，就任農林省水產局局長，對三島由紀夫文學嗜好大表反對，看到文稿便加以撕毀；所幸有母親的暗中大力支持。九月，〈茂盛的森林〉刊出，開始用「三島由紀夫」[3]這個筆名。由於戰事逐漸激烈，學生被強迫接受軍事訓練，三島由紀夫也沒有例外。即使如此，他依然不斷練習寫作，以至於被父親強迫寫下「從此不再寫小說」的誓言。這一年，在清水文雄老師的安排下，三島由紀夫見了作家保田與重郎。

到了一九四二年三月，雖以第二名畢業，卻未能考取「第一高校」（東京大學預科），只好留在「學習院高等科」（高中）就讀；並依照父親指示選讀「乙類組」（德語）。

同一年年初，開始大量觀賞舞台劇，並努力做筆記，也嘗試寫戲評。升上高中，更積極的練習寫小說、詩等；努力閱讀伊東靜雄等人的詩集以及平安時代文學，也在校刊內發表各種作品。這一年，首次訪問作家堀辰雄。又由於戰況升高，大家都擔心被徵召參戰。翌年（一九四四年）五月，前往戶籍所在地兵庫縣印南郡接受徵兵身體檢查，結果是「第二、乙等合格」。此時已經是二次大戰末期，學校及社會上各行各業已陷入紛亂；七月，參加「海軍機關學校」訓練，八月，被徵召赴海軍工廠參加勞動。戰爭中，三島由紀夫投稿最多的《文藝文化》出了第七十期後遂告停刊。

在兵馬倥傯中，一九四四年九月，學校宣布提早畢業。三島由紀夫列爲第一名，並被遴選爲文科學生代表。典禮後，由「學習院」院長（校長）帶領進入皇宮報告。十月一日，升入東京大學法律系就讀。

進入大學不久，作品《茂盛的森林》（短篇小說集）經過好幾年的延宕曲折，終於由七丈書院出版；四千冊在一星期內銷售一空。十一月十一日，舉行出版新書慶祝會；而所獲版稅全部買了舊書店的書。

這時候美軍已開始轟炸日本全國各地，三島由紀夫卻專心閱讀日本古典文學《默阿彌全集》等書。第二年（一九四五年）一月，被徵召至群馬縣新田郡中島飛機公司小泉工廠從事勞動，擔任辦理事務。二月四日，接到軍隊召集會，立刻寫下遺書。一週後參加身體檢查，準備入營。不意出發前發高燒，獲准回家休養。這一來家人十分欣喜，三島由紀夫本人卻感到相當失望。

三月上旬，贈書《茂盛的森林》給川端康成。川端致函答謝；信中表示好久以前開始就在《文藝文化》閱讀三島由紀夫的單篇小說。

雖然戰局不斷升高，三島由紀夫的讀書熱度則不曾稍減；古典如：《古事記》、《日本歌謠集成》、《和泉式部日記》，現代小說如：《上田秋成全集》以及泉鏡花的作品等。

是年（一九四五年）五月，奉令至神奈川高座參加勞動服務。在這裡，三島由紀夫接觸到台灣少年兵，[4]休息時間爲他們朗讀《雨月初語》。八月十五日，在疏散處（世田谷區豪德寺）知道日本投降的訊息。這時，乃父突然對三島由紀夫說：今後是文人發揮的時代，不妨繼續寫小說。但事後又表示自己說錯話。

戰後的一九四六年一月，三島由紀夫前往鐮倉川端康成住家拜訪，並交給川端兩篇文稿：〈香煙〉、〈中世〉，三島由紀夫生前一直與川端康成保持著良好的互動關係。〈香煙〉半年後刊登於《人間》（雜誌），乃是三島由紀夫登上文壇的代表作。

忙碌於文學創作和閱讀的三島由紀夫，於一九四七年七月報考「高等文官」考試（高考），並於年底公佈考試及格。因此，在東京大學畢業（一九四七年九月）後，進入「大藏省」（現財務省）的「銀行局國民儲蓄課」工作。但是，三島由紀夫志不在此，不到一年，便於一九四八年九月辭去公職，以便專心寫作。是年十一月，長篇小說《盜賊》出版，川端康成爲他寫了序文。這前後，三島由紀夫加入《序曲》（雜誌）的創刊，與野間宏、武田泰淳、中村眞一郎、椎名麟三……等人成爲親密伙伴；又加入「鐮倉文庫」，結交了更多作家朋友。

一九四九年二月，劇本《火宅》在「俳優座」（劇場）公演，由演出家矢代靜一策劃，演員、舞台裝置都是一流人選；三島由紀夫本人每天都守在劇場內，這是他的一次幸運的經驗。三月，《假面的告白》完稿（七月出版），五月，劇本《燈台》的一部分刊登於《文學界》，獲得

「天才作家、芥川龍之介第二」（中山義秀）的評價。在這前後，認識了芥川龍之介的兒子芥川比呂志（演劇家），成爲文友。

另一本劇本《燈台》於一九五〇年二月在東京的「每日新聞大禮堂」公演；三月又創作了劇本《應神禮拜》。六月，長篇小說《愛的飢渴》由新潮社出版；四月，短篇小說集《怪物》由改造社出版。八月，參加岸田國士組成的「雲之會」同好團體。十月，出席「小說的秘密」座談會，參加的還有中村光失、福田恆存、大岡昇平這幾位文壇健將；十一月又參加「文學與演劇」座談，出席者是：岸田國士、福田恆存、小林秀雄、木下順二、中村光夫。十二月，長篇小說《純白之夜》出版（中央公論社）；劇本《邯鄲》在「文學座」（劇場）公演。

二次大戰後初期，日本人對文學的飢渴感多少也刺激了作家及出版界。三島由紀夫在如此社會狀態下充份發揮了他的創作力，並在二十五歲前後就在日本文壇占有相當地位。

在一九五一年內，除了在雜誌上發表的許多單篇作品以外，成集或新作的單行本有：《假面的告白及其他作品》（改造社）、自選作品集《聖女》（目黑書店）、評論集《狩獵及收穫》（要書房）、短篇集《遠乘會》（新潮社）、新版《茂盛的森林》（雲井書店）、《禁色》（第一部、新潮社）、《夏子的冒險》（朝日新聞社）。這一年也完成了舞蹈劇《公主與鏡子》。在寫作方面十分豐收的三島由紀夫於年底出發赴國外旅行，歷經舊金山、紐約，南美的巴西各地。二月，轉往歐洲，探訪日內瓦、巴黎、倫敦、羅馬…等地，於五月（一九五二年）返回日本。此次繞地球一周的長途旅行使三島由紀夫大開眼界，同時也體驗過在巴黎街頭被搶去所有旅行支票而陷入困頓的窘境。另一方面，沿途也一直利用空檔時間寫作；在歐洲滯留期間，也曾將當地製圖紙改造成日本式稿紙。八月，出席座談會「談日本的短篇小說」，參加的還有：川端康成、舟橋聖一、山本健吉、臼井吉見、中島健藏、青野季吉。單行本則有：筑摩書房：「現代日本名作選」《愛的飢渴、假面的告白》、旅遊文學《阿玻羅之杯》（朝日新聞社）、《新文學全集》（河出書房）。十一月，參加了在「帝國劇場」的「文士劇」演出，也就是由作家扮成演員的舞台戲。

翌年（一九五三年）一月，由小說改拍的《夏子的冒險》上映（松竹電影公司）。二月，短篇小說集《盛夏之死》出版（創元社）。三月，《日本製》出版（朝日新聞社）。六月，《夜晚的向日葵》（講談社）；下旬，在「文學座」演出《夜晚的向日葵》舞台劇。七月，《三島由紀夫作品集》六卷本由新潮社開始出版，於翌年四月出齊。九月在新潮社出版了《秘樂》（「禁色」之第二部）；十月，未來社出版了《綾之鼓》。同月，角川書店出版了《昭和文學全集》中的三島由紀夫作品，舞蹈劇《室町返魂香》也在同月演出（「明治座」劇場）；三島由紀夫改編的《地獄變》則在「歌舞伎座」（劇場）公演，由著名演員：歌右衛門、勘三郎、幸四郎參加演出，川端康成、芥川比呂志前來觀賞。年末，參加「文士劇」演出，擔任《忠臣藏》中的一個角色。改拍電影的《日本製》則由「大映電影公司」完成，並開始上映。

創作不斷的三島由紀夫在一九五四年四月完成《潮騷》（六月由新潮社出版）；《戀情之都》也由新潮社出版；《上鎖的房間》（昭和名作選）於十月問世（新潮社）。十一月相繼出版了《年輕人，醒醒吧》（新潮社）、《文學之人生論》（河出書房）。《鰯賣戀曳網》及《年輕人、醒醒吧》的舞台劇接連在「歌舞伎座」及「俳優座」演出。十一月底，再出參加「人士劇」演出。這一年，三島由紀夫擔任「新潮社同人雜誌獎」的評審委員；他也獲得「第一屆新潮文學獎」（作品：《潮騷》）。

接下來，一九五五年二月，劇作《熊野》在「歌舞伎座」公演。四月，出版了《沉沒的瀑布》（中央公論社），五月，出版了《女神》（文藝春秋新社）；在「文學座」演出舞台劇《船的招呼》；也在大阪「每日會館」演出《不只高高而已》。七月出版了短篇小說集《拉底格之死》（新潮社）。八月，在「青年座」公演《白蟻巢》。十一月，由講談社出版了評論集《小說作家的休假》；也在「歌舞伎座」公演《芙蓉露大內實記》。年末，劇本《白蟻巢》獲「新潮社第二屆岸田演劇獎」。同年（一九五五年）八月起，聘請早稻田大學教練指導體能訓練。一向體弱多病的三島由紀夫，不久鍊就了強健之身。

三島由紀夫名作之一的《金閣寺》於一九五六年一月在《新潮》（月刊）開始連載；《白蟻巢》由新潮社出版。三月，《卒塔婆小町》以歌劇式在大阪「產經會館」演出；四月，出版了《近代能樂集》（新潮社）；六月，出版了《寫詩的少年》（角川書店）。同月，擔任「中央公論、懸賞小說評審委員」。八月，《潮騷》在美國出版英譯本，成為暢銷書。十月，小說《金閣寺》一出版（新潮社），立刻佳評如湧。十月，出版了《烏龜可以追上兔子嗎？》（村山書店）。《鹿鳴館》（舞台劇）於十一月在「第一生命大廳」演出，隨後在大阪、神戶、京都巡迴公演。後來又在北海道、四國、九州演出。十一月，擔任「中央公論新人獎」評審委員；十二月，出版了《漫長的春天》（講談社）。

名作《金閣寺》於一九五七年一月獲得「讀賣文學獎」。三月，《鹿鳴館》出版（東京創元社）；劇本《布里達尼奇斯》在東京演出，接著又至大阪、京都、神戶公演。四月，《大障礙》在「文學座」演出，《布里達尼奇斯》獲得「每日演劇獎」。五月，《金閣寺》在「新橋演舞場」演出；三島由紀夫校訂的《布里達尼奇斯》由新潮社出版。六月，《美德的踉蹌》（講談社）出版，成為暢銷書，書名成為流行語。《班女》在「千代田公會堂」演出。

七月九日遠赴美國，參加《近代能樂集》英譯本新書發表會，在檀香山待了三天便轉往舊金山等地，並在密西根大學發表演講。八月，《早晨的躊躇》在「新橋演舞場」演出。九月，出版了《現代小說可以吸取古典嗎》（新潮社）、《美德的踉蹌》（限定本、講談社）。此時，三島由紀夫由西印度群島轉往墨西哥、美國南部，十月起在紐約滯留。《鹿鳴館》自十月初起巡迴日本三十五都市公演。十一月，新潮社推出的《三島由紀夫選集》（十九卷）開始出版，於一九五九年七月出齊。年末，三島由紀年由美國飛往西班牙。並於隔年（一九五八年）一月十日由羅馬返回日本。

二月，《綾鼓》、《邯鄲》在「一橋講堂」舉行試演會。四月，與杉山瑤子會面相親，並於六月一日結婚。杉山瑤子乃是畫家杉山寧的女兒；介紹人由川端康成擔任。七月，作品被選入《現代日本文學全集》（筑摩書房）；八月，《玫瑰與海賊》在「文學座」演出；隨後相繼在大阪、京都、神戶、名古屋演出。八月，英譯本《假面的告白》出版，《邯鄲》在夏威夷演出；電影《炎上》（金閣寺）上映。九月，同好會「鉢木會」出版了雜誌《聲》；成員除三島由紀夫外，其餘是：大岡昇平、中村光夫、福田恆存、吉川逸治、吉田健一。雜誌由「丸善」印行。十月，《現代長篇小說全集》（共五卷）由講談社出版。十月二日《鰯賣戀曳網》在名古屋演出。十月十三日，與清水建設公司簽訂合約，在大田區興建一座歐式自宅。

鍛鍊身體，投入健美訓練的三島由紀夫於一九五九年一月又開始學習劍道。是年出版的單行本有：《不道德教育講座》（中央公論社）、《文章讀本》（中央公論社）；《鏡子之家》（一、二）和《裸體與衣裳》則由新潮社出版。

興趣極廣的三島由紀夫在一九六〇年三月參加了「大映電影公司」的《放任小子》演出，並塡寫主題歌。是年出版了《饗宴以後》（新潮社）。翌年，〈憂國〉刊登於一月號《小說中央公論》，「憂國」的概念逐漸引起日本人的關心。出版的單行本有：《斯達阿》（新潮社）、《野獸之嬉戲》（新潮社）、《美的襲擊》（講談社）。

獲得許多文學獎的三島由紀夫於一九六二年二月，又以《十日之菊》得到「第十三屆讀賣文學獎」；同年出版了《美麗的星星》（新潮社）。次年（一九六三年）拍了「寫眞集」（集英社）。在「文學座」演出的《歡喜之琴》中止演出；此後不再與「文學座」合作。代表作之一的《午後的曳航》於九月出版（講談社）；評論集《林房雄論》由新潮社出版，短篇小說集《劍》則由講談社出版。

到了一九六四年一月發表了〈絹與明察〉（刊登於《群像》）；因此而獲得「第六屆每日藝術獎」。這期間，《饗宴之後》引發小說情節影射到實際人物的問題而引起訴訟案件，後來因當事人去世而達成和解。這一年出版了劇本《歡喜之琴》（新潮社），評論集《我的遍歷時代》（講談社）。接下來的一九六五年四月，在歷經許多曲折以後，《憂國》的電影化終於付諸實現。代表作之一的《豐饒之海》第一卷《春之雪》開始在《新潮》連載。單行有：《音樂》（中央公論社）、《三熊野詣》（新潮社）、《目——藝術斷想》（集英社）、《沙特候爵夫人》（河出書房）。後者不久獲得「第二十屆藝術節獎（戲劇類）」。

三島由紀夫於一九六六年起擔任「芥川獎」評審委員。是年出版了電影版《愛國》（新潮社）、《英靈之聲》（河出書房新社）、《對談、日本人論》（番町書房）。翌年二月，與川端康成、石川淳、安部公房共同發表對中國大陸文化大革命的聲明書。這一年開始練習空手道，並於四月自願進入自衛隊，先後在久留米陸上自衛隊、富士學校教導連隊及習志野空挺部隊進行

「體驗入隊」。是年出版了《來自荒野》（中央公論社）、《葉隱入門》（光文社）、《朱雀家之滅亡》（河出書房新社）、《三島由紀夫長篇全集》（新潮社）。

曾經在自衛隊「體驗入隊」的三島由紀夫，於一九六八年七月，由他自己組成的愛國團體「楯之會」會員陪同再次進行「體驗入隊」。此後，每年三月、八月成爲定例進入自衛隊。這一年，劍道晉級到五段。出版的作品有：《曉之寺》（新潮社）、《太陽與鋼鐵》（講談社）、劇本《我友希特勒》（新潮社）。這一時期的作家三島由紀夫逐漸將他對社會、國家的關心付諸行動。一九六九年五月，參與東京大學學生的「共鬥」（學生運動）；十月，舉辦「楯之會」成立一週年慶典。一方面，創作力依然十分旺盛；出版了：《奔馬》（新潮社）、《文化防衛論》（新潮社）、《額王之陽台》（中央公論社）、《椿說弓張月》（中央公論社）。

一九七〇年十一月二十五日中午，三島由紀夫率領「楯之會」成員進入陸軍自衛隊市谷營區，綁架司令官，要求集合所有官兵聆聽他的演說，宣揚愛國主義。但事件陷入荒亂，沒有預期的順利。三島由紀夫於是在司令室以古代武士方式切腹自盡。事件發生的上午，他把《天人五衰》的結尾交給新潮社編輯，此書於一九七一年出版。這一年（一九七〇年）出版的有：《曉之寺》（新潮社）、《行動學入門》（文藝春秋社）、《作家論》（中央公論社）。

網羅三島由紀夫作品的《三島由紀夫全集》（共三十五卷）於一九七三年四月開始，由新潮社推出，一九七六年六月出齊。

（三）

如何用簡短的幾句話描述文學作家三島由紀夫短暫而輝煌的一生呢？

幼年聰穎，寫作生涯起步甚早，年紀輕輕就完成代表作，從此小說、戲劇作品多如繁星。在另一方面，其強烈的唯美主義、愛國思想促使他在完成《豐饒之海》四部曲以後即以四十五盛年而自我了斷一生。[5]日本文壇短期內大約不會出現另一名三島由紀夫吧。

首先，評論家齋藤孝認爲三島由紀夫具有超群的頭腦。在卓越的智慧下，他自由自在的操控文字、言語於自己的意識中；而這些意識語言便如同在地上餵鴿子般的，一群誘來一群的呈現於讀者面前。[6]

更有甚者，三島由紀夫熟練的驅使逆推法的情節結構，也巧妙的將自己設定於某一部分情節中，形成照鏡子似的效應。[7]這也成爲三島文學的特色之一。

松本徹將三島由紀夫的寫作劃分爲幾個階段：

第一期——《假面的告白》時期。一九四六～一九五一年。這一階段乃是三島由紀夫初試啼聲，正式邁入文壇的時期；也在這一時期認識了巨匠川端康成、太宰治。

完成於一九四九年的《假面的告白》，不僅是三島文學的代表作，也是日本現代文學一冊指標性的作品。

二十四歲的三島由紀夫，自從辭去公務員（一九四八年）以後，從業餘寫作轉換成專心寫作。《假面的告白》乃是他未經雜誌連載的作品。這一本小說的人物、情節、內涵的完成度很高；三島更能驅使他生花妙筆，在全篇小說中，洋溢著詩、散文的氣氛，眞是傑作中的傑作。[8]

第二期——《金閣寺》時期。一九五二～一九五七年。瀟灑青年的三島由紀夫開始接觸資深作家大岡昇平、吉田健一、福田恆存等人，因此不斷提升文學素養。

《金閣寺》是以發生於一九六〇年京都金閣寺的火災事件爲故事主軸完成的小說。這一本小說成爲二次大戰後劃時代的文學作品。三島由紀夫以他自幼年起廣讀古典的底蘊，脫胎換骨般的注入故事中的男主角，塑造出一個破滅型個性的激烈青年，其中又隱約透露出作者自己的影子。就三島由紀夫而言，《金閣寺》也是他告別青春之作。[9]

第三期——《鏡子之家》時期。一九五八～一九六四年。在此之前，三島由紀夫不僅在日本文壇占有一席之地，爲了增廣見聞，更跑遍南北美及歐洲各地。到了第三期，又完成了終身大事，與畫家杉山寧的女兒瑤子締結連理。

這一時期創作的《鏡子之家》乃是一部古典心理小說。稍後的《憂國》（一九六一年一月刊登）不僅電影化，作家本身也認爲這一篇短篇小說最足以代表他的創作精神。三島由紀夫的極端愛國主義思想也在此時逐漸萌芽。

第四期——《豐饒之海》時期。一九六五～一九七〇年。這一時期完成了《豐饒之海》四部曲——《春之雪》、《奔馬》、《曉之寺》、《天人五衰》，這一部傑作當然也成爲傳世作品。

這部鉅作自一九六三年關始構思，並開始蒐集各種材料，包括在舊書街神保町購入大量佛經。一九六四年，岩波書店出版了《濱松中納言物語》的完整版，使三島由紀夫大爲興奮。事實上，在《春之雪》中讀者不難看出這本古典書籍的影響。而整個故事由日本延伸到佛教國度的泰國，透露出宇宙輪迴觀。[10]

《豐饒之海》最後成爲告別文壇之作，而全部作品的中心思想、情節結構、文字表達在在都是三島文學的最高峰。

（四）

聰穎、早熟、文學成就非凡的三島由紀夫，終於步向愛國尊王的極端思想，在武士制度消失了一個世紀的一九七〇年，以傳統的武士自盡方式向日本人明志，也依照武士習俗留下訣別詩兩首：

偉偉大丈夫、身懷一把武士刀、刀鞘沙沙響、歷經了幾許歲月、今日不意見初霜。

花落有時節、世上人人不願見、我等先驅者、寧願迎向花落時、蕭颯夜晚寒風中。

三島由紀夫在文壇捲起的憂國、愛國風潮，影響巨大，成為那個年代的部分日本青年的中心思想。[11]

作家三島由紀夫的影響力事實不僅僅如此，美國作家斯托克斯指出：「毫無疑問，三島由紀夫是他那個時代最有國際知名度的日本人。」「（他演說的魅力），甚至於在他去世後的二十五年裏，他仍然是代表日本的聲音，彷彿他根本就不曾消失。」[12]

三島逝世後，他留下的大量文學作品依然普受日本讀者所歡迎，「新潮社」的「文庫本」（口袋書）不斷再版。

一九九九年七月，在富士山麓的「三島由紀夫文學館」正式開幕。這裡陳列了大量原稿、筆記、信札、照片、演劇資料以及龐大的未發表資料，乃是愛好三島文學的必訪之地。

注

1 道古明：《本環境——統計圖表に見る出版世界の力》，二〇〇六年，出版メディイバル。
2 二〇〇六年九月五日《讀賣新聞》（夕刊）第八頁。
3 在學中的平岡公威要發表〈茂盛的森林〉，國文教師清水文雄（兼雜誌編輯委員）認為恐有不妥。恰好清水先生一行人赴伊豆溫泉區，在三島車站轉車，因此代為取了「三島由紀雄」這個筆名。起初作者本人並不同意，後來幾經商談，同意用「三島由紀夫」。（見一九九一年二月二十五日《產經新聞》，紀田順一郎：〈筆名系列、三島由紀夫〉）
4 參考《台灣少年兵》（高座海軍工廠），前衛出版社。一九九七年十一月。
5 參考奧野健男：〈三島由紀夫論〉，收入：《三島由紀夫》（日本文學研究資料叢書），有精社，一九七二年十月。
6 齋藤孝：〈偏愛の人——三島由紀夫〉，收入《三島由紀夫——文豪NAVI》，新潮文庫，二〇〇四年十一月。
7 福田恆存：〈假面の告白について〉，收入《假面の告白》，（新潮文庫）。新潮社，一九六〇年六月。
8 同注7。
9 中村光夫：〈金閣寺について〉，收入《金閣寺》（新潮文庫），新潮社，一九六〇年九月。

10 佐伯彰一、村松剛：《認識と行動と文學》（對談），《波》（第二十期），新潮社。附於《天人五衰》乙書。
11 參考姜尚中：《愛國の作法》，朝日新聞社，二〇〇六年十月。
12 亨利・斯托克斯（Henry Scott Stokes）著，于是譯，〈序言〉，上海青春出版社，二〇〇七年七月。

跋

三年前春天的某一個夜晚，明道文藝社陳憲仁社長帶領他的同事和幾位文友在台中美術館旁的一家咖啡廳聊天。我對那兒供應的五百元一杯的咖啡印象深刻；可惜當天時間不允許，沒能排上隊喝一杯頂級咖啡。

然而，對我而言，那一天的聚會，意義十分重大。也不知道為什麼，我突然冒昧的向陳社長提議在《明道文藝》發表近、現代日本文學作家傳記。並且，陳社長當下立刻爽快的答應了。這次的約定正是促成本書完成的最大動力。

坦白說，介紹日本作家，應該不會輪到我來做。接受過日據時代教育、戰後轉型寫中文的作家就大有人在；他們更合適。

然而，細想起來，有系統的介紹日本近、現代作家，除曇花一現的金溟若、余阿勳以外，台灣似乎還沒有出現這樣的人物。

我自己在接觸日本歷史、文化的諸多領域情況下，對近、現代日本文學從江戶時代（十七～十九世紀）轉型過來，大約在一百年內發展為百花齊放、欣欣向榮的景象，不僅感到敬佩，實在又令人感傷。於是突然萌起一股勇氣：既然沒人做，我自己不妨做做看。

細想這個問題，日本文學發達的原因固然是由許多錯縱複雜的因素構成的；但其中最大的影響力應該是日本擁有舉世無雙的全民閱讀習慣。全民的參與閱讀形成支撐文學發展的一股洪流。即使第二次世界大戰使日本國力元氣大傷，但戰後不久，日本又大量在看書了。一九五八年，美國學者唐、基內（D. Keene）就指出此種現象：

「在任何小鎮上，幾乎每一個街角上，至少都可發現一家書店。書店中，有單行本、也有雜誌。在類別上，由黃色刊物到硬性哲學，琳瑯滿目，美不勝收。擠在書店中狹窄的通道上，有穿制服的學生，有衣冠不整的月薪階級；其中也有手提菜籃的家庭主婦。最值得注目的是，這些人不光是在書店中隨便翻翻便走的，他們是認眞的把書買了去，拿回家讀的。在這些買主之中，也有那種看來該在發財上專注精神，不必在書本上傷腦筋的有錢的大亨。在美國，書本該是屬於奢侈品的。即使是一生埋葬在書本裡的大學教授，也該如此講法的。但是，在日本，書本幾乎成了必需品。縱然家境很壞的人，也都會爲了預約五十大冊的現代文學全集或者翻版的美術叢書，支付出大量的金錢。形成日本人這種購書癖的原因之一，恐怕應該是由於『過了份的文化尊重』之故。這是日本人由來已久的一種『遺產』。」（抄錄司馬桑敦譯：〈戰後日本文學與政治〉。收入《扶桑漫步》八七～八八頁）

談到文學、文化，台灣的情況如何呢？一九八二年，法國劇作家尤涅斯可在深入瞭解後，留下這樣的評語：

「生活在台灣的中國人所自豪的是高速公路、大汽車、大學校園——美國式的。……誠然是美國式的。這一切都不壞，挺美。不過就我個人的口味來說，似乎過份美利堅化了。這兒的年輕人對自己的文化卻如此漠然，眞叫以文學爲職志的我十分驚訝了。沒有哲學、文學的國度是產生不出完整的人的，因爲文學和藝術絕不是奢侈品，而是極爲深切的必需，不可或缺的。」〈尤涅斯可：〈寫給中華民國〉，收入《法國椅子中國席》三～六頁〉

這是一個外國友人在二十年前勇敢指出的問題。

最近，拜讀了齊邦媛教授所寫的〈台灣，文學，我們〉（九八、七、十六中國時報副刊），得以知道齊教授主辦《筆會季刊》，除了自己沒有金錢酬勞，單純奉獻以外；還不得不四處向人要錢，包括企業家殷之浩先生的慷慨解囊。在日本，這一項工作應該由文學館或出版社來做，也可以得心應手。台灣的文學或文化事業，如作家葉石濤所說的，幾十年來都是由它「自生自滅」，不知道誰該負責。

資深的文壇老將郭楓最近突然發出獅子吼：

「新的文明潮流勢將來臨，嚴肅文學勢將再度從谷底騰昇，嚴肅文學蓬勃的生機勢將創造另一種美麗的春天。」（二〇〇九年六月《新地》）

在悲觀的氣氛中，似乎讓人嗅到一股新鮮氣息。

倘若我這一本小書，能引起台灣人的一點點關注，那便足以令人喜出望外哩。

感謝「國家文藝基金會」的深切同情心，補助這一本書的出版。也謝謝晨星出版社陳社長大力協助出版。

作者

二〇〇九年八月

國家圖書館出版品預行編目資料

日出江花紅勝火／林景淵作.——初版.——台
中市：晨星，2009.10
面;　公分，

ISBN 978-986-177-324-7（平裝）

1.近代文學　2.文學史　3.日本

861.906　　98019586

日出江花紅勝火　財團法人｜國家文化藝術｜基金會 National Culture and Arts Foundation 贊助出版

作者	林景淵
編輯	徐惠雅、王淑華
美術設計	林姿秀
發行人	陳銘民
發行所	晨星出版有限公司 台中市407工業區30路1號 TEL：(04)2359-5820　FAX：(04)2355-0581 E-mail: morning@morningstar.com.tw http://www.morningstar.com.tw 行政院新聞局局版台業字第2500號
法律顧問	甘龍強律師
承製	知己圖書股份有限公司　TEL：(04)23581803
初版	西元2009年10月20日
總經銷	知己圖書股份有限公司 郵政劃撥：15060393 （台北公司）臺北市106羅斯福路二段95號4F之3 TEL：(02)23672044　FAX：(02)23635741 （台中公司）台中市407工業區30路1號 TEL：(04)23595819　FAX：(04)23597123

定價250元

ISBN 978-986-177-324-7

Published by Morning Star Publishing Inc.

Printed in Taiwan

◆讀 者 回 函 卡◆

以下資料或許太過繁瑣，但卻是我們瞭解您的唯一途徑

誠摯期待能與您在下一本書中相逢，讓我們一起從閱讀中尋找樂趣吧！

姓名：＿＿＿＿＿＿＿＿ 性別：□ 男 □ 女 生日： ／ ／

教育程度：＿＿＿＿＿＿

職業：□ 學生 □ 教師 □ 內勤職員 □ 家庭主婦

□ SOHO族 □ 企業主管 □ 服務業 □ 製造業

□ 醫藥護理 □ 軍警 □ 資訊業 □ 銷售業務

□ 其他 ＿＿＿＿＿＿＿＿

E-mail：＿＿＿＿＿＿＿＿＿＿＿＿＿＿ 聯絡電話：＿＿＿＿＿＿＿

聯絡地址：□□□＿＿＿＿＿＿＿＿＿＿＿＿＿＿＿＿＿＿

購買書名：日出江花紅勝火

・本書中最吸引您的是哪一篇文章或哪一段話呢？＿＿＿＿＿＿＿＿＿＿

・誘使您購買此書的原因？

□ 書店尋找新知時 □ 看＿＿＿＿報時瞄到 □ 受海報或文案吸引

□ 翻閱＿＿＿＿雜誌時 □ 親朋好友拍胸脯保證 □＿＿＿＿電台DJ熱情推薦

□ 其他編輯萬萬想不到的過程：＿＿＿＿＿＿＿＿＿＿＿＿＿＿＿＿＿

・對於本書的評分？（請填代號：一點很滿意 2.OK啦！ 3.尚可 4.需改進）

版臉設計＿＿＿＿ 版臉編排＿＿＿＿＿ 內容＿＿＿＿＿ 文／譯筆＿＿＿＿

・美好的事物、聲音或影像都很吸引人，但究竟是怎樣的書最能吸引您呢？

□ 價格殺紅眼的書 □ 內容符合需求 □ 贈品大碗又滿意 □ 我誓死效忠此作者

□ 晨星出版，必屬佳作！ □ 千里相逢，即是有緣 □ 其他原因，請務必告訴我們！

＿＿＿＿＿＿＿＿＿＿＿＿＿＿＿＿＿＿＿＿＿＿＿＿＿＿＿＿＿＿

・您與眾不同的閱讀品味，也請務必與我們分享：

□ 哲學 □ 心理學 □ 宗教 □ 自然生態□ 流行趨勢 □ 醫療保健

□ 財經企管 □ 史地 □ 傳記 □ 文學 □ 散文 □ 原住民

□ 小說 □ 親子叢書 □ 休閒旅遊 □ 其他＿＿＿＿＿＿＿＿＿＿

以上問題想必耗去您不少心力，為免這份心血白費

請務必將此回函郵寄回本社，或傳真至（04）2359-7123，感謝！

若行有餘力，也請不吝賜教，好讓我們可以出版更多更好的書！

・其他意見：

晨星出版有限公司 編輯群，感謝您！

請填妥後對折裝訂，直接投郵即可，免貼郵票。

廣告回函
台灣中區郵政管理局
登記證第267號
免貼郵票

407

台中市工業區30路1號

晨星出版有限公司

請沿虛線摺下裝訂，謝謝！

更方便的購書方式：

(1)網　站 http://www.morningstar.com.tw

(2)郵政劃撥 戶名：知己圖書股份有限公司 帳號：15060393

請於通信欄中註明欲購買之書名及數量。

(3)電話訂購 如為大量團購可直接撥客服專線洽詢。

如需詳細書目可上網查詢或來電索取。

客服專線：(04)23595819#230 傳真：(04)23597123

客服電子信箱：service@morningstar.com.tw